ダッシュエックス文庫

配信ダンジョン育成中

〜育てた最強種族たちとほのぼの配信※大バズり中〜

空野 進

プロローグ

現代にダンジョンが現れるようになって早十年。

初めはダンジョンに住まう魔物たちがいつか襲《おそ》ってくるのでは、という恐怖から各国は未曽《みぞ》有《う》の混乱に陥《おちい》り、大騒ぎとなっていた。

日本でも自衛隊を派遣《はけん》して、魔物たちの掃討《そうとう》やダンジョン攻略に乗り出していたのだが、ダンジョンを攻略するよりも新たな入り口が生まれる方が早かったのだ。

そんな折にとある配信がウェブ上に流れることとなる。

『自宅にダンジョンが現れたので攻略してみる』

自宅にあるなんてことはない道具を使い、危険なダンジョンを攻略していくだけの動画だったが、それが世界中の人の注目を集め、民間人によるダンジョン攻略とその光景を配信する、というダンジョン配信が流行の兆《きざ》しを見せることとなるのだった。

もちろん命の危険があるダンジョン。

なんの訓練も施《ほどこ》していない一般人が再起不能の怪我《けが》を負う事態も多々あり、そのことを重く見た国々はダンジョンを攻略するための資格制度として、ダンジョン調査組合《Dungeon Survey Union》、通称ＤＳＵを結成し、各国の支部で探索者としての登録を行うことで初めてダンジョン攻略に乗り出せるようにしたのだ。

　もちろん登録には厳しい試験があり、それをクリアした一部の人たちだけが晴れて探索者を名乗ることができた。

　そしてＤＳＵに所属している探索者はその能力でランク付けをされており、下はＦランクから上はＳランクまで。見ただけでその強さがわかるようになっていた。

　探索者によるダンジョン配信の数は更《さら》に加速の一途《いっと》をたどり、今や動画視聴は庶民《しょみん》の日常の一部とまでなっている。

　もちろん庶民にとってはダンジョンは遠い存在で、資格持ち以外は封鎖《ふうさ》されたダンジョンに近づくことができないため、ある意味エンターテインメント以外の何物でもなかった。

第一話　カーバンクルのクゥちゃん

僕、柚月八代《ゆづきやしろ》はいたって普通の高校生だった。

童顔で華奢《きゃしゃ》な体つき。背も低く百五十センチほどしかない上に声も高い。

女性に間違えられることも多々あった。

そのことでからかわれた結果、学校に友達はおらず基本一人で過ごしていた。


そんな僕の家の庭に気がつくとダンジョンの入り口ができていた。

何を言ってるのかわからない？　うん、僕もわからない。

僕にとってもダンジョンは非日常。あくまでも配信動画上のものであった。

確かにダンジョンに興味がないかと言われたら普通の人並みには興味はある。

上位のダンジョン配信者にでもなればその月収は四桁《けた》万円を軽く超えるという。

ただ、危険な魔物と戦う以上、ダンジョン配信者になれるのは探索者と呼ばれる人たちだけ。

配信で見る以外にダンジョンと関《かか》わることはない。

そう思っていたある日、家に帰ってくると庭にあった石積み擁壁《ようへき》に謎の洞窟《どうくつ》が現れていた。

何でそんなことになっているのかさっぱりで、それを見た僕は一瞬で固まっていた。

――ど、どうしてこんなところに洞窟があるの!?　もしかしてダンジョン？

ダンジョンは突然現れるものとして知られている。

基本的には人がいない場所にひっそりとできるらしいけど、稀《まれ》に住宅街とかに現れることもあるというのは聞いたことがある。

おそらくはこれもそういう類《たぐ》いなのだろう。

そうでなければ突然家に洞窟ができていることの説明ができなかった。

元々ここは僕のおじいさんが住んでいた家で、高校がこの家からの方が近いからという理由で一人暮らしさせてもらっている。

広い庭と歴史を感じさせる木造平屋の住宅があるくらいで洞窟なんてものはなかった。

前知識としてダンジョンは危険なものと知っている。

中では魔物が徘徊《はいかい》しており、下手をすれば命を落としかねないことも。

それでも一般人にはまるで公開されていないダンジョン。

その中を見てみたいという好奇心には勝てなかった。

「き、危険はない……よね？　自宅にできたんだもん。確認しないとだよね……」

必死に言い訳をしながら懐中電灯を片手に恐る恐る中へと入っていく。

武器はその辺に落ちていた木の棒で、一応怪我《けが》してもすぐに治療できるように救急箱を持っていた。

ダンジョン内は土が固められただけの洞窟で人一人がようやく通れるくらいの広さしかない。

ただ、数分ほど歩くとすぐに開けた空間へとたどり着く。

どうやらそこが行き止まりのようだった。

「あれっ？　ダンジョンはもっと広くて地下深くまで続いているものだよね？」

疑問が浮かんだその時、空間の中央が赤く光ったように見えた。

「ひっ⁉」

なにかいることに驚き、引けた腰のまま恐る恐るその赤く光ったものを調べに行く。

そこには額《ひたい》に輝く角《つの》をつけた白い毛並みのリスみたいな猫のような生き物がいた。

小柄で楽に抱えられるサイズであるそのリス猫くんは苦しそうに呻《うめ》いて倒れている。

それもそのはずで、その体には大きな切り傷があるのだ。

すでに虫の息でかなり危険な状況に見える。

「だ、大丈夫？」

リス猫くんに言葉が通じるはずもないのだが、それでも僕は聞かずにいられなかった。

すると、猫は怪我した体を無理に起こし、僕に対して鋭い視線を向けてくる。

「クゥゥゥ‼」

変わった鳴き声をしているリス猫くんだった。

どうにも僕に襲《おそ》われると思っているようである。

本来なら動物に威圧《いあつ》されたらそれ以上近づくことはないのだけど、今回はこの子が怪我をしていることと突然現れた洞窟の中に一匹でいたこと。このままこのリス猫くんを放っておくと命を落としかねないこと。現状、助けられるのは僕しかいないこと。それらを鑑《かんが》みて行動に移すのだった。

「大丈夫、襲ったりしないから安心して」

伝わるかどうかはわからないが、安心させるように笑顔を見せながら手を差し出す。

するとリス猫くんは僕の手を引っかいてくる。

「クゥゥゥ!!」

「痛っ!?」

引っかかれた手からは血が滲《にじ》み出ている。

が、思わず手を引っ込めそうになるのを堪《こら》えて、もう一度同じ言葉を投げかける。

「大丈夫だよ。僕にその怪我、見せてくれないかな?」

同じように笑顔を見せているが、さすがに痛みから引きつった表情になっていると思う。

そこまでしているとこの子にようやく僕の気持ちが通じてくれる。

よたよたと歩いてきて、僕の前で倒れてしまう。

相当深い傷でもはや意識を保つのがやっとのようだった。

――救急箱の薬で治せるのかな？

慌《あわ》てて僕は救急箱を取り出して、傷口を消毒。

すぐさま薬を塗って、包帯を巻く。

僕が不器用なせいでミイラのようになってしまったが、とにかくこれで応急処置は完了だ。

「あとは動物病院へ行って……」

と、そこで考える。

動物病院で魔物って診《み》てもらえるのだろうか？

可愛《かわい》らしい姿をしているけど、ダンジョンの中にいたのだ。

少なくともこの子は魔物なのだろう。

ここがダンジョンじゃない可能性もあるけど……。

そう考えると僕が治療するしかない気がしてくる。

思考を巡《めぐ》らせているとリス猫くんはゆっくり起き上がっていた。

「無理したらダメだよ!?」

さっきまで死にかけていたのだからいきなり起き上がったら傷口に響くはず。

そう考えて慌てて僕は抱きかかえる。

するとリス猫くんは僕の顔を舐《な》めてくる。

「くぅぅ」

その際に額の角が一瞬光り輝いていた。

一応魔物にも救急箱の薬が効《き》いてくれたようだ。

少しは調子を取り戻してくれたようで僕はホッとため息を吐く。

ただその間もずっとリス猫くんは僕のことを舐め続けるものだからくすぐったくて笑い声を上げてしまう。

「あはは っ、く、くすぐったいよ」

「クゥゥ」

元気になってくれて一安心だった。

リス猫くんを抱えてもう一度ぐるっと辺《あた》りを見回してみたけど、他には何もない。

――こんなものだよね。そもそも探索者じゃない僕がダンジョン攻略できるはずもないし。

納得した僕はリス猫くんを置いて家に戻ろうとする。

するとリス猫くんが僕の足にしがみついてくる。

「えっ？　もしかして君も一緒に来たいの？」

「クゥン！」

「うーん、僕、生き物を飼ったことがないけど大丈夫かな？」

「くぅくぅ！」

リス猫くんは〝大丈夫だ、問題ない〟とでも言っているように声を出していた。

「わかったよ。でも怪我してるんだから暴れたらダメだからね」

「クゥ！」

思ったよりも賢《かしこ》いリス猫くんなのかもしれない。

おとなしくなったリス猫くんを抱っこして、僕はそのまま家へ帰るのだった。


色々なことが起こりすぎたからか、あの日僕は倒れるように眠りについていた。

リス猫くんはとりあえず鳴き声から『クゥちゃん』という名前で呼ぶことにした。

リスと猫の両方の特徴を持つのか、果物と魚が大好きで冷蔵庫にあったものを全《すべ》て平らげてしまった。

思いのほかたくさんを食べることを知り、僕は苦笑してしまう。

——食費、足りるかな？

両親の仕送りで生活していた僕は一人の生活には困らない程度の貯金はあるのだが、さすがにクゥちゃんの分まではなかった。

このままではお金が足りなくなってしまう……。

「どうしようか、クゥちゃん。僕もバイトをしたほうがいいのかな？」

「くぅ……」

クゥちゃんといられる時間が少なくなるとわかるとなんだか悲しそうだった。

僕にしがみついて離れない。

「でもそれ以外にお金を稼《かせ》ぐ方法なんて……」

そんなとき、部屋に置かれたパソコンに視線が向く。

いつもはダンジョン配信くらいしか見ないので、電源がついてることの方が稀なパソコン。

ダンジョン配信……。

ダンジョン……。

「こ、これだよ、クゥちゃん!!」

「くぅ?」

配信すべきダンジョンは庭にある。

別に攻略をするわけではないので探索者資格はいらない。

つまりクゥちゃんの成長日記をダンジョンで撮る分には支障なく僕にもできることだった。

「ダンジョンで育成配信をしよう!」

そうと決まれば早速《さっそく》僕は準備を始めていた。

撮影用のカメラはスマホで事足りた。一応チャンネルも作る。

あまり凝《こ》ったものはできないので、ホーム画面も可愛らしいクゥちゃんをアップにした程度。

素人《しろうと》がいきなり人気になることはないので、ゆっくり時間をかけて続けていくしかない。

それと念のためにDSUにダンジョン配信について質問しておいた。

いきなりダンジョンが現れて中に入った場合は何か罪に問われるのか、と。

回答は『どこに現れるかわからないダンジョンに間違って入るのはあり得ることなので、それは罪に問われません。ですが、ダンジョンを攻略しようとする意志があると罪になりかねないので注意してください』ということだった。

攻略せずに中で楽しく遊ぶ配信は何も問題ないらしい。

もちろん、そんなことを危険なダンジョンでするような人はいませんけどね、と鼻で笑われてしまったが。

「さて、問題はどんな配信にするか、だね」

正直、魔物と楽しく遊んでる配信なんてしている人がいないので、どんなことをしたら良いのかわからない。

「ボールとかで遊んだらいいのかな？」

「くぅぅ!!」

クゥちゃんは嬉《うれ》しそうに僕の周りを走り回る。

「それじゃあ一応準備をしないとね。えっと、ボールとあとはクゥちゃんがお腹空《なかす》いた時用のお弁当と……」

撮影開始まで少しだけ時間があったので、念のために色んな準備をしておく。

そして、時間になったので配信を始める。

その瞬間にダンジョンの壁が一部壊れ、突然小さな空飛ぶトカゲが現れたのだった。

「えっと、トカゲって空を飛んだっけ？」

僕がそう口にした瞬間にそのトカゲが口から炎を吐きつけてきた。

「わわっ、危ない!?　も、もしかして、あのトカゲくんも魔物なの!?」

慌てて躱《かわ》そうとするとクゥちゃんが白く輝いて、次の瞬間には見えない壁でその炎を防いでくれていた。

「ありがとう、クゥちゃん。でも、どうして突然襲ってきたんだろう……」

くぅ……。

クゥちゃんが出した声かと思ったらそれは目の前にいるトカゲくんから聞こえてきたものだった。

「もしかして、お腹空いてるの？」

「みぃぃ!!」

相変わらずトカゲくんは威圧してくる。

僕が近づこうとしようものなら手にある鋭い爪《つめ》で引っ掻《か》いてこようとする。

もちろんそれはクゥちゃんが防いでくれるので事なきを得ていたが。

「そうだ！　クゥちゃん、少しお弁当を分けてあげて良いかな？」

クゥちゃんが頷《うなず》いてくれたので、僕はお弁当用に用意していたサンドイッチを持っていく。

「これ、食べる?」

食べやすいよう小さくちぎったサンドイッチ。

それを不思議そうに見ていたトカゲくんだったが、食欲には抗《あらが》えずにゆっくりと近づいてきて、僕の手ごと口にくわえる。

もちろんそのまま嚙《か》みちぎるわけではなく、サンドイッチだけ口に入れると涎《よだれ》でベタベタになった手は解放される。

するとトカゲくんは目を大きく見開くと、嬉しそうに鳴く。

「みぃぃ!!」

「あっ、喜んでくれた?　それならもう一個食べる?」

「くぅぅ……」

トカゲくんにばかり構っているからか、クゥちゃんが不服そうな声を出していた。

「わかってるよ。クゥちゃんもおいで。みんなで一緒に食べよっか」

嬉しそうに僕に近づいてくるクゥちゃん。

トカゲくんも僕の側《そば》に寄ってきてみんなでお弁当がなくなるまで食事配信をすることになるのだった──。

閑話　ＤＳＵ地方支部にて（その１）

探索者を管理するＤＳＵの支部は日本にもいくつかあった。

受付では探索者への依頼や登録の手続き、素材売買の斡旋《あっせん》を行っている。

一方、他の職員たちは奥で数台のモニターに映されるダンジョン配信をチェックして、問題がないかを確認していた。

それぞれ担当が決まっており、お気に入り数が少ない新人や探索者ではない配信者がダンジョン攻略をしていないかチェックする役割を担《にな》っていたのが、新人職員の天瀬香住《あませかすみ》だった。

天瀬はやや波打った栗色《くりいろ》の髪をしており、垂《た》れ目でどこかおっとりとした性格をしている。

ただ、思わず目に留まるのはその胸。

スーツの上からでもその大きさがわかるほど……、それどころか既《すで》にボタンが悲鳴を上げているほどの大きさをしている。

まだ新人として一カ月ほど働いただけなのに、すでに犠牲《ぎせい》になったボタンの数は二桁《けた》に上ろうとしていた。

「えっと、今日配信してる人は……、柚月八代《ゆづきやしろ》さん？　ですか。初めて見る人ですね」

いかにもダンジョンとは無縁《むえん》そうな可愛《かわい》らしい男の子？　だった。

その相方《あいかた》はどうやら猫っぽいようで、普通に猫と遊んでる動画を配信するのだろう。

血生臭《ちなまぐさ》いダンジョンの配信ばかり見ている天瀬からしたら、癒《い》やしの時間である。

もちろん、本来ならこんな配信を職務中に見てはいけないのだが、そのタイトル故《ゆえ》にその配信が目に留まったのだ。

『配信ダンジョン育成中～クゥちゃんと遊んでみた～』

何かの誤字だと思うけど、タイトルにダンジョンと入れられてしまったら見るしかない。

「これは職務だから仕方ないですよね」

すでに癒やされる気満々である。

そもそも天瀬はＤＳＵの受付希望であった。

それがついうっかり応募する場所を間違えてしまい、トントン拍子《びょうし》で職員になってしまったという経緯《いきさつ》がある。

あまり危険な魔物とかは苦手なので、正直ダンジョン配信は目を背《そむ》けたくなるのだ。

でも今日はそんなことなさそう。

「あっ、始まりました。やっぱり動物と遊ぶ癒やしの動画なんです……ね？」

始まった瞬間に天瀬の目に映るのは可愛らしい男の子？　とリスっぽい猫。映してるところはダンジョンっぽさを出すための洞窟《どうくつ》、という凝《こ》り具合だった。

それにホッとした瞬間に撮影場所の壁をぶち抜いて羽の生《は》えたトカゲが現れる。

「えっ!? ど、どっきり配信ですか!?」

ビクッと肩を震わせてよく見る。

羽の生えたトカゲはやや赤みがかっており空を飛んでいる。

一方のリスっぽい猫もなぜか角《つの》があり、こちらは白く光り輝いている。

そして、問題はここからだった。

赤みがかったトカゲが頬《ほお》を膨《ふく》らませたかと思うと突然炎を吐きつけていたのだ。

ただ、その炎も白い猫が張った透明の壁に防がれていた。

「き、決まりです。ドラゴン……。いえ、あの赤いトカゲはレッドドラゴン！　危険ランクSSの最強種です！　そうなるとその攻撃を防げる猫は……、ま、まさかこちらも希少《きしょう》ランクSSSのカーバンクルですか!?」

大急ぎで別モニターから魔物を調べ上げる天瀬。

その調査能力が買われて職員へ大抜擢《ばってき》された経緯を持つ彼女であるが故にすぐにその魔物の種類は調べることができたのだ。

でも問題はこれからだった。

探索者でも何でもない子がそんな最強種二体に囲まれているという配信。

しかもそれが自分の担当である事実。

「と、とにかく支部長に判断を仰《あお》がないと……」

自分の手には余ると判断した天瀬はすぐさま支部長へと話をしに行くことに。

「支部長、大変です!!」

「おう、そうか。頑張ってくれ」

支部長である後藤圭吾《ごとうけいご》は投げやりな態度を見せる。

基本的に裏方であるＤＳＵ職員が言ってくる問題と言えば夕食が決まらないとか探索者が喧嘩《けんか》しているとかその程度のくだらないことである。

支部長と言えば聞こえは良いかもしれないが、結局は何か問題が起きたときのトカゲの尻尾《しっぽ》切り用の人材である。

それがわかっているからこそ後藤も普段はそれほど真面目《まじめ》に働いていない。

探索者が命を落としたり、怪我《けが》をした際に「注意してください」というだけのお飾りなのだ。

だからこそ高い椅子《いす》に座り、たばこを吹かしながら探索者同士の賭《か》けバトルを眺《なが》めていた。

――俺も新人の頃はやる気に満ちていたなぁ。

新人の天瀬を見て、後藤は感慨《かんがい》深く思うのだった。

ちょっとした違法すらも見逃さないように血眼《ちまなこ》になって配信を見ていた。

でも、自分たち一般人が探索者に何かできるわけもなく、結局よほど悪質でない限りは見逃されるのが常《つね》であった。

「そ、それどころじゃないのです。支部長じゃないと判断できないのですよ」

天瀬があまりにも食らいついてくるものだから後藤は話を聞くことにする。

「そ、それがレッドドラゴンとカーバンクルが……」

「っ!?　それならそうと早く言え！　くそっ、どの探索者が今動けるんだ？　すぐにBランク以上の探索者に召集をかけろ。どこのダンジョンだ。場所も詳細《しょうさい》に教えろ！　周辺住人の避難も手配しておけ！」

普段やる気がないだけで、ピンチの際の指揮能力はかなり高い後藤。

テキパキと指示を出していくが、天瀬は固まったままである。

さすがに新人にこのトラブルは厳しいか。

「わかった。俺がすぐに出向く」

「あっ、いえ。現れたのですが、既に問題は解決したようで、この人をどうしたら良いのか支部長に判断を仰ぎたいのですよ」

「それならそうと早く言え！　その配信はどれだ？」

「えっと、これになります」

渡されている携帯タブレットから先ほどの配信を支部長にも見せる。

一体どんな阿鼻叫喚《あびきょうかん》な配信が流されているのか。

覚悟を決めて配信を見たのだが、そこに映されていたのはトカゲと猫が男の子？　と食事をしている配信だった。

「はぁ？　配信を間違えてないか？」

再生されたライブ配信は危険とはまるで無縁のほのぼのとしたものだった。

——違う配信か？

「いえ、これで合っています。今ライブ中だから巻き戻せないのですが、このトカゲがレッドドラゴンでこちらの猫がカーバンクルです」

思わず頭を抱えたくなる。

確かに見た目は紛《まが》う方なき最強種二体である。まだまだ幼《おさな》いので子供なのだろうが、そのまま放置したらいずれは脅威《きょうい》となり得る存在である。

それがこんな子どもと楽しそうにしているだなんて……。

「おいっ！　こいつの探索者ランクはなんだ？」

「いえ、この人は探索者じゃないです」

「ちっ、違法探索者か」

ダンジョンの素材はかなり貴重なものが多く、探索者になれなかった者が隠れてダンジョンに侵入することがある。もちろんその大多数が攻略なんてできずに大怪我をして戻ってくるのだが、稀《まれ》にそれで成功を収める人間もいたのだ。

「いえ、この柚月さんは一切攻略はせずにただダンジョン内で遊ぶだけの動画を配信してるみたいです。違法性については事前にうちに確認をしてきましたので、間違いないです」

天瀬も調べてみてわかったことなのだが、事前に柚月から配信についての質問があったのだ。

受付が取っていたので記録を調べて初めてわかったことなのだが。

「どこの誰がドラゴンやカーバンクルを連れてダンジョンで遊ぶんだ!? ダンジョン攻略そのものが遊びだっていうのか!?」

「で、ですが、配信も食事してるだけですから……」

確かにすごく仲の良さそうな面々である。

倒そうとしたら上級探索者数十人は集めないといけない最強種。

それの素材もあの子に頼めばもしかしたら取り放題なのかもしれない。

「これだけ仲が良いならカーバンクルの毛とかドラゴンの爪《つめ》とか貰《もら》えるかもしれないですね」

「そうだな。ということで頑張ってくれ」

「ふえっ？」

突然肩を叩《たた》かれて天瀬は困惑《こんわく》の表情を浮かべる。

「こいつを訪ねて、素材をここに落としてもらうように頼むんだ！　なんだったら探索者資格もお前の判断でBまでは渡しても構わん」

Ａランク以上はＤＳＵ本部に行かないと渡せない決まりがあり、支部で渡せる最高はＢランクということになっている。

それすらも渡して良いから勧誘してこい、とはなかなか思いきりの良い判断である。

「無理無理無理無理。無理ですよぉ。私にこんな危険な魔物を相手にする力なんてないですよぉ」

「安心しろ。上手《うま》くいけばボーナスが出るぞ。素材だけでもその金額の１％は歩合が付く」

「命の値段にしては安すぎますよぉ！」

「この子を懐柔《かいじゅう》したら良いだけだろ？　ちょうど高校生……いや、中学生か？　ちょっと性別の判断がつかないが、男なら胸の一つでも揉《も》ませてやると良い」

「支部長、そ、それはセクハラですよぉ……」

「命よりは安いものだろう？」

「それはそうですけど……」

「今日からお前はこの柚月八代という子の専属だ。他の仕事はしなくていい。とにかく詳《くわ》しい話を聞いてこい」

「わ、わかりましたよぉ……。どこから配信してるか調べだして伺《うかが》いますよぉ……」

天瀬は今にも泣き出しそうな震えた声で返事をするのだった。

【八代たんのふれ合いを見守るスレ　その１】

11：八代《やしろ》たんは可愛《かわい》かったな
12：現実逃避するな。なんだあの魔物たちは!?
13：トカゲと猫じゃないのか？
14：トカゲの方は空飛んで火を吐いてただろ!?
15：魔物図鑑を開いてきた。あのトカゲはレッドドラゴンらしい
16：ＳＳＳランクの天災級魔物じゃねーか!!
17：クゥちゃんの方はなんなんだ？
18：魔物図鑑じゃ載《の》ってなかったから弱い魔物じゃないか？
19：レッドドラゴンの炎を平気で防ぐ魔物が弱いやつか？
20：猫で角《つの》っていうとカーバンクルか？
21：待て。それだとレッドドラゴン以上の希少《きしょう》な魔物だろ!?
22：どちらかと言えば魔物というよりは聖獣に位置するやつか

23：どうやったらそんな奴《やつ》が懐《なつ》くんだ？
24：…めし？
25：俺たちが飯《めし》にされるぞ!?
26：だよな
27：八代たんって初配信じゃないのか？　なんでスレたってるんだ
28：配信見てこい
29：さすがにあれみたらＤＳＵが動いてるよな
30：ＳＳＳ級の最強が二体だもんな
31：世界でも滅ぼす気なのか？
32：八代たんに支配されるのなら歓迎だな
33：また配信するんだよな？　お気に入り登録しておこう
34：何をしでかすかわからないから目が離せないな
35：もしあの魔物たちが暴れたらどうなるんだ？
36：日本の崩壊《ほうかい》？
37：天災級なんてＳランク探索者を30人集めてやっとじゃなかったか？
38：一匹で国を滅ぼせる奴だ
39：八代たんに頑張ってもらうしかないな

第二話　レッドドラゴンのミィちゃん

トカゲくんも僕たちについて来たがったため、うちに二匹目のペットが加わることになった。

名前はミィちゃん。

もちろん「みぃみぃ」と鳴くから付けた名前だ。

我ながら安直すぎるとも思うけど、簡単に覚えられるし可愛《かわい》らしい名前だからいいよね？

実際にミィちゃんも喜んでいるみたいだし。

とりあえず二匹分の食事を準備したあと、僕は制服に着替えていた。

「くぅぅ？」

「今日は学校があるんだよ。留守番をお願いしても良いかな？」

「くぅぅ!!」

「ありがとう。ご飯は用意してるけど、足りなかったら好きに食べて良いからね」

「くぅ!!」

「みぃぃぃ……」

ミィちゃんはやや遅れて起きてくる。

どこか眠そうな声を上げている。

そもそもトカゲって夜行性じゃないのかな？

規則正しい生活をしていることに違和感を覚えながらも時間がないので僕は慌《あわ》てて家を出ることになる。


学校内で僕の存在は浮いていた。

僕自身、あまり積極的に他人と話すタイプではない上に年下の異性に見えてしまう童顔の影響もあり、いつも休み時間はスマホで配信動画を見るか本を読むかの二択だった。

今日は昨日クゥちゃんやミィちゃんと撮った写真を眺《なが》めていると珍《めずら》しいことに僕に声をかけてくる人がいた。

「柚月《ゆづき》、何を見てるんだ？」

声をかけてきたのはクラスメイトの……、確か八戸《やと》くん？　だったかな。

背が高く爽《さわ》やかな雰囲気《ふんいき》を持つ人で、誰とでも親しくしているクラスの人気者だった。

「えっ？　あっ、えっと、その……」

あまりクラスメイトと話し慣れていない僕は思わず言葉を詰まらせていた。

でもそんなこと気にせずに八戸くん？　は僕のスマホを覗《のぞ》き込んでくる。

「これって柚月のペットなのか？」

「う、うん、昨日怪我《けが》してたのを拾って……」

「ということはあの配信、やっぱりお前だったのか」

「えっと、あの配信って？」

「これだよ、これ！　昨日初配信した『配信ダンジョン育成中』ってやつだよ！」

「や、八戸くん、見てたんだ。恥《は》ずかしいな。突然問題が起きてアタフタしちゃったんだよ……。それにしてもよく見つけたね。新人の初配信なんてほとんど見られないのに」

「この配信は色々と話題になってたからな。……って、俺は八戸じゃない！　瀬戸《せと》だ!!　瀬戸和樹《かずき》！　もう一カ月も同じクラスなんだからそろそろ覚えろ！」

「ご、ごめんね。その……、僕、人の名前を覚えるのが苦手で……」

「こらっ、瀬戸！　柚月くんを困らせたらダメでしょ！」

瀬戸くんと話していると更《さら》にクラスの女子たちが話しかけてくる。

また増えた!?

脳内で必死に名前を思い出そうとしながら答える。

「困ってたわけじゃない……、と思うよ？」

「な、なんで疑問符がつくんだよ!?」

「いくら柚月くんが可愛いからっていじめるなんてよくないよ！」

強めの口調で言っている女子。とりあえず名前はA子《こ》さんってことにしておこう。名前は覚えてないし……。

明るい茶髪。スレンダーな体つきをした活発そうな女子だった。

そんなA子さんの言葉に同意するように隣の女子が首を縦《たて》に振る。

小柄な僕と同じくらいの背丈《せたけ》の女子。ただ、小柄ながらも女性らしく出るところはかなり出ており、肩ほどの長さの黒髪をしている。

あまり積極的に喋《しゃべ》るタイプじゃないようで、むしろそれが僕にとってはありがたい。

ただ、当然の如《ごと》く名前は思い出せなかったので、一旦《いったん》B子《こ》さんってことにする。

「別にいじめて困らせていたわけじゃないぞ！　なっ、柚月！」

「えっと、あの……」

正直なところ困っているといえばすごく困っている。

いつもは一人でいるのに、今日に限って僕の席は三人に囲まれて逃げ場がないのだ。

強敵に囲まれて逃げられない主人公の気持ちが痛いほどよくわかる。

「ほらっ、困らせてるじゃない！」

「……ギルティ？」

「待て待て。なんでそうなるんだよ!?　本当に俺は何もしてないぞ!?」

「そ、そうだね。うん、何もされてない……かな？」

「……やっぱり一発殴っておこうかしら？」

「ぼ、暴力は良くないよ……」

本当に喧嘩《けんか》に発展しそうで僕は慌てふためきながら言う。

「仕方ないわね。今日のところは柚月くんの優しさに免《めん》じて勘弁《かんべん》してあげるわ」

「本当に何もしてないんだけどな……」

今にも放たれそうな拳《こぶし》にビクビクしている瀬戸くん。

すると、そんなタイミングで僕の服が引っ張られる。

「……それで本当は何してたの？」

聞いてきたのはB子さんだった。

「えっと、僕のペットの写真を見てたんだ……」

「……見ていい？」

「もちろんだよ」

B子さんにスマホの画面を見せる。

「えっ？　こ、これってあのカーバン……」

B子さんが何か言いかけるが、A子さんの笑い声でかき消される。

「あははっ、これってミイラ猫でしょ。とっても可愛いね」

「ううう……、A子さん、そんなに笑わなくても……。確かに上手《うま》く包帯巻けなかったけど」

僕が落ち込むとすぐにA子さんが慰《なぐさ》めてくる。

「ごめんごめん。ところで瑛子《えいこ》さんって……」

「あっ!?」

今更《いまさら》ながら脳内で適当につけた名前を口に出してしまったことに気づく。

「ご、ごめん。勝手に……」

「知ってたんだ、私の名前……」

「……えっ!?」

どういうことかわからずに思わずA子さんの顔を見る。

「三島《みしま》瑛子よ。でもビックリしたよ。まさかいきなり名前で呼ばれるなんて」

「あっ、ご、ごめん。嫌だったよね!?」

「そんなことないよ。好きに呼んでくれたらいいからね」

A子さん改め瑛子さんはにっこりと微笑《ほほえ》んでくれる。

すると、そのタイミングで服の裾《すそ》が摑《つか》まれる。

摑んできたのはB子さんだった。

「……私は?」

「えっと、名前……だよね？　びぃ……じゃない。しぃ……」

どうしてもアルファベットから離れられない。

もちろんそれで三島さんのように名前が当たるわけでもなく……。

素直に知らないことを謝ろうとしたそのとき、B子さんは驚きの表情を見せていた。

「うん、合ってる……」

「……？」

まさか二回続けて当たるの⁉

さすがに僕も驚いてしまう。

その表情にB子さんは事情を察してくれる。

「……神田月椎《かんだつきしい》。椎って呼んで」

「わ、わかったよ。椎さん」

「……んっ」

BじゃなくてCだったんだ……。

とか一瞬脳裏《のうり》によぎっていた。もちろん口には出さなかったけど。

「それでなんの話をしてたの？」

改めて三島さんが聞いてくる。

「あぁ、こいつのダンジョン配信についてだよ」

「へぇ、柚月くんって探索者だったんだ……」

三島さんが感心したように言ってくる。

「ち、違うよ。ただ近くにダンジョンがあったから中に入って撮っただけなんだよ。その……、生活費のためにね」

「それでもすごいよ。こう、ザシュ!!　とか、グザッ!!　とかするんでしょ」

魔物を斬《き》り倒しているイメージだろうか？

三島さんは実際に斬る仕草《しぐさ》をしていた。

「さ、流石《さすが》に僕は戦えないから……」

「そんなことないよ！　やればできるよきっと！　でも、そうだね。私も探索者になろうかな？　トップになればすごく稼《かせ》げるって聞くもんね」

「お前ならあっという間に凶暴探索者として出禁になるな」

「何か言ったかな？　瀬戸くん？」

三島さんが笑顔を見せながら握り拳を作る。

それを僕の机めがけて下ろす。

ドンっ!!

「ひっ……」

　割れはしなかったものの大きな音が鳴り、思わず悲鳴を上げてしまう。

「あっ、ごめんね。別に柚月くんのことを怖がらせようとしたんじゃないよ」

「……可愛い」

「椎さん、何か言った？」

「……別に？」

　——ボソッと何かを言った気がしたんだけど気のせいだったかな？　それにしても三島さんの拳、すごいなぁ。探索者として十分やっていけそうだよね。

「でも探索者にならずにダンジョン配信ってしていいの？」

「僕も一応確認したんだけど、探索者の資格がいるのってダンジョン攻略してる人だけらしいんだよ。僕みたいな配信だけだったらいらないんだって」

「確かに美少女と動物のほのぼのふれあいって感じだもんな」

「だ、誰が美少女だよ!?　僕は男だからね」

「そうだよね。柚月くんは男の娘《こ》って感じだもんね」

「……納得」

　なぜか三島さんの微妙に違うニュアンスの言葉に椎さんも同意していた。

「それじゃあ今日も配信するんだね？　見に行くよ」

「コクッ」

「クラスのやつにも声かけとくぞ！」

「ちょっ、あんまり広められると恥ずかしいよ……」

「何言ってるのよ。配信者なんだから見られてなんぼでしょ。私も声かけておくよ」

「……お姉ちゃんにも話しておく」

なぜかみんな広める気でいる。

確かに配信を収益化するには一定以上のお気に入り登録数と視聴時間が必要である。

だからたくさん見られるのはありがたいことではあるのだけど……。

「……今日は僕、出ないでおこうかな？」

「「「それはダメ（だ）‼」」」

なぜか全員に否定されて、僕は泣く泣く自分も出ることを決めるのだった。


学校が終わり、家に帰ってきた僕は自宅の惨状《さんじょう》を見て、思わずカバンを落としてしまう。

テーブルに置いていたはずの料理はすっかり空《から》になっている……どころか置いてた皿すらも見当たらない。

冷蔵庫のものは食べてもいいって言ってたけど、野菜はもちろん、調理していない生肉《なま》や生魚、挙げ句の果てには入れられた調味料すら空になっている。

それだけに止《とど》まらず、食べ物じゃない文具なども食べた痕跡《こんせき》がある。

そして、満足げにリビングの真ん中で眠るミィちゃんと申し訳なさそうに隠れているクゥちゃんがいた。

——思った以上にご飯食べるんだね……。

ため息を吐くとクゥちゃんに優しく声をかける。

「大丈夫だよ、怒ってないからね」

「くぅぅ……」

恐る恐る僕の方へと近づいてくる。

一応クゥちゃんは一晩、僕と過ごしたのでだいたいの食べる量は把握《はあく》している。

それを考慮して食材を新たに買い足しておいたのだ。

そもそもクゥちゃんは調味料まで食べたりはしなかった。

そうなるとここまで酷《ひど》い惨状にしたのは……。

僕の視線はミィちゃんへと向いていた。

◇◆◇◆◇◆

（人気配信者ユキ視点）

面白《おもしろ》い子を見つけたよ、と連絡を受けたユキ。

Aランク探索者であるユキは自身の鍛錬《たんれん》も怠《おこた》らずに、筋トレをしながら色んな配信を見るの

を日常としていた。
今日は妹から新人で面白い人がいたというので、せっかくだから見てみることにした。
とはいえ、ダンジョン配信なのだ。できることは限られている。

『ひたすらダンジョンを潜り続ける』
『ボスの攻略方法を教える』
『マッピング』
『何かの目的を目指す』
『モンスターの詳細《しようさい》情報を上げる』
『モンスター料理』

大体ダンジョン配信はこの辺《あた》りのものが大多数を占めている。
人気配信者というのは大体がこの辺りの配信の先駆者たちなのだ。
今から新人が入ろうにもよほど容姿がいいか、腕に自信がない限りは不可能に近い。
そんなことは妹もわかっているはず。
その上で薦《すす》めてくるということはよほど特殊な何かがあった、ということなのだろう。
柔軟運動をしながら教えてもらった配信を見る。

『育成ダンジョン配信中～ミィちゃんが食べ物じゃないものまで食べてしまいました～』

そんな変わったタイトルとサムネには実際のドラゴンの写真。

――子供のドラゴンに見えるけど、どこかから拾ってきたのかな？

とかそんなことを考えていると動画が始まり、初手で先ほどのサムネのドラゴン……。しかも色合いからして非常に危険度の高いレッドドラゴンが登場する。

かなり小型なところを見るとまだまだ子供のドラゴンなのだろう。

ただドラゴンらしい威厳《いげん》はまるでなく、項垂《うなだ》れた様子を見せながら首から看板《かんばん》をぶら下げており、そこには『私は調味料やお皿まで食べてしまった愚《おろ》かなトカゲです』と書かれていた。

普通の人がそんなことをしたら一瞬で消し炭《ずみ》にされてしまう。

が、この新人は全くそんなことを気にしていない様子だった。

それどころかこのトカゲと侮蔑《ぶべつ》されているドラゴンはどことなく新人に怯《おび》えているようにも見える。

「えっと、こんばんは。柚月八代《やしろ》です。今日はえっと、昨日一緒にご飯を食べて新しく暮らすこととなったトカゲのミィちゃんのお説教から始めていきたいと思います」

可愛らしい声から察するにややボーイッシュな女の子なのだろう。

「ってドラゴンに説教!?　待って待って、そんなことをしたらこの子、食べられちゃうじゃない」

そもそもこの子はレッドドラゴンのことを本気でトカゲだと思い込んでいるのかもしれない。

そう考えたユキは慌ててコメントを打っていた。

〝ユキ：そんなことをしたら危ないよ！〟

慌てていたこともあって別アカウントに変えることなく、メインアカウントのままコメントを打ってしまう。

〝えっ？　ユキちゃん!?〟

〝本人!?〟

さすがにコメント欄《らん》が、ユキが現れた驚きを示すものに変わる。

配信者本人より目立つのはあまりよしとしないユキからしたらこれはあまり褒《ほ》められた行為ではない。

この子を助けられたら、そう思っただけなのに……。

「えっ？」

なぜかお説教を受けたレッドドラゴンはしっかり反省して頭を垂《た》れていた。

「みぃぃ……」

「反省したのならいいよ。僕もご飯の量が少なかったよね。次からはもっとたくさん買っておくからね」

「みぃぃ!!」

嬉《うれ》しそうに新人の周りを回るレッドドラゴン。

そのあまりの懐《なつ》き具合と癒《い》やされる光景にユキの視線はもはや釘付《くぎづ》けだった。

配信が終わるまで柔軟運動していたことすら忘れ、画面を凝視《ぎょうし》してしまっていた。

そして、名残惜《なごりお》しくも配信が終わってしまうとすぐさまＳＮＳに投稿をする。

メインアカウントでコメントをしてしまったのだからその流れも当然だった。


『面白い新人さんを見つけたよ。みんなも見てね』


ただでさえ注目を集めていた柚月の配信は、お気に入り登録者数百万人を超えているユキの宣伝もあり、瞬《またた》く間にその数字を伸ばすのであった。

もちろん、そのことを配信者本人である柚月はまるで気づいていなかったのだが――。

第三話　専属職員の天瀬さん

配信を終えた僕がクゥちゃんたちのご飯を買いに一人で家を出る。

すでに日が沈みかけており、橙《だいだい》の空が徐々《じょじょ》に暗くなっていた。

そして、家の前で怪《あや》しげな人を発見する。

見慣れぬスーツ姿の女性でブツブツと何か言いながら何度も呼び鈴に指をかけては離してを繰り返していた。

やや癖《くせ》がかった栗色《くりいろ》の髪の女性。

スーツはある一点がすごくきつく見えるほどに女性らしい体つきをしており、どこかのんびりとした印象を受ける垂《た》れ目である。

「こ、ここで合ってますよね？　で、でも、もし間違ってたら……。そ、それにもしあの魔物が襲《おそ》ってきたら……」

「あの……、うちに何かご用ですか？」

「ひやぁぁぁぁぁっ!?」

声をかけた瞬間に女性は驚いて腰を抜かしていた。

その時に女性の首にかけられたネームプレートに視線がいく。

決して、その女性が持っている豊満な胸へ視線がいったわけじゃないからね。

『天瀬香住《あませかすみ》』という名の女性らしい。

DSU地方支部の職員さんらしいけど、何かの営業とかかな？　募金集めをしているとか。

自分の家にダンジョンがあることがすっかり頭から抜け落ちていた僕。

問題がないことを確認していたから、まるで気にしていなかったことも大きい。

「大丈夫ですか？」

「は、は、はひっ。だ、だ、大丈夫です。お気になさらずに……」

既《すで》に顔が真っ青で息も荒い。とても大丈夫には見えなかった。

「少しうちで休んでいきますか？」

このまま帰したら途中で倒れてしまいそうな感じだったので心配になり、そう言う。

「だ、大丈夫です。そ、それよりも柚月八代《ゆづきやしろ》さんのお宅はこちらであってましゅか？」

盛大に噛《か》んで顔を真っ赤にしていた。

まるで僕の初配信のときのようだ。

今では僕はすでに配信を二回も経験したベテランだから噛むことなんてないけどね。

「合ってましゅ」

……今のは天瀬さんが嚙んだのに釣られただけだからね⁉

「えっと、柚月八代は僕ですね」

「そう……ですか。良かったです。配信で見たとおりの方で……」

「と、とりあえず中へどうぞ。詳《くわ》しいお話はそこで聞きますので」

「は、はひっ……」

上擦《うわず》った声を出した天瀬さんは恥《は》ずかしそうに僕の後ろをついてくるのだった。

◇◆◇◆◇◆

（天瀬視点）

客間へと通された天瀬。

するとなぜかレッドドラゴンとカーバンクルが天瀬の左右を陣取《じんど》ってくつろぎ始める。

――ど、どうして魔物たちが堂々と外へ出てるのですか⁉

いつでも逃げられるように魔物たちの一挙手一投足《いっきょしゅいっとうそく》を警戒《けいかい》する。

すでに目には涙が浮かんでいる。

確かに柚月は配信でこの二匹と映っている。

だから親しいことはわかっていたのだが、すでに魔物がダンジョン外へ出るスタンピードが起きているとは思いもよらなかった。

「今お茶を用意しますね」

向かいに座っていた柚月が立ち上がり、この部屋から離れようとする。

天瀬は柚月の手を摑《つか》み、涙目で必死に首を振る。

「お、お構いなく。わ、私が突然来てしまったのが悪いのですから……」

「そうもいかないですよ。すぐに戻りますので。クゥちゃんたち、少しの間お願いね」

「くぅ！」

「みぃ！」

――任せちゃダメですよー!?

しかし、無情にも柚月は部屋から出ていってしまい、魔物たちに囲まれてしまう。

――終わった。私の人生がここで……。お父さん、お母さん、親不孝者でごめんなさい。私、きっとここで美味《おい》しく食べられて、骨も残らないんだ……。

死を覚悟した天瀬は完全に体を強張《こわば》らせ、身動き取れなくなっていた。

それを不思議に思ったカーバンクルが天瀬の隣へ移動して顔を覗《のぞ》き込んでくる。

「くぅ？」

「心配してくれてありがとうございます……。わ、私は大丈夫です……」

誰のせい!?　と声を上げたくなるが、それをした瞬間に自分の人生が終わってしまう。

それだけはグッと堪《こら》えて、素直にお礼を言うとなぜかカーバンクルは処刑宣告さながらに天瀬の膝《ひざ》の上に座った。

――なんで座るのですか⁉

無邪気に昼寝の態勢になっている。

――きっと私なんていつでも食べられるぞ、ってアピールなんですね……。

心の中で涙を流しながら自然とカーバンクルの背中を撫《な》でていた。

すると、そんなカーバンクルに対抗したのか、レッドドラゴンがなぜか頭の上に乗ってくる。

お前なんていつでも一踏みだ、と言っているのだろう。

――助けて……。誰か助けて……。

そんな心の声が聞こえたのか、柚月がお茶を持って部屋に戻ってくる。

「あっ、早速《さっそく》仲良くなられたのですね」

天瀬の姿を見て柚月は笑みをこぼしていた。

――どこをどう見たらそう見えるのですか⁉

そう言いたくなるのをグッと堪え、乾いた笑みを浮かべながら頷《うなず》いた。

お茶が置かれると本題に移る。

「ところでどうして僕の家の前にいたのですか？」

「その前に私はＤＳＵで働いてる天瀬香住といいます。これつまらないものですけど」

天瀬はカバンから買ってきた菓子折りを柚月に渡す。

「これはご丁寧《ていねい》に。僕は柚月八代といいます。え、こっちがクゥちゃんとミィちゃん」

「くぅ！」

「みぃ!!」

僕の言葉に合わせて二匹は返事をしていた。

「それでＤＳＵの方がうちに何かご用なのですか？」

「そ、それはもちろん……」

一瞬天瀬は二匹の魔物に視線を向ける。

さすがにいきなり本題の『天災級魔物について』の話題は振り難《がた》かった。

「こちらにあるダンジョンについてです」

「ダンジョンっていうとあの何もない洞窟《どうくつ》のことですよね？　でも、僕、ダンジョン攻略してないから探索者の資格はいらないって聞きましたよ？」

「ええ、そちらは問題ないのですが、その……」

天瀬はすごく言いにくそうにする。

「もしかして、方針が変わったとか？」

「そ、そ、そういうのじゃないんですよ。た、ただ、柚月さんのダンジョン配信がその、今、注目度ナンバーワンですごく伸びていらっしゃるから……」

「……伸びて？」

柚月は首を傾《かし》げる。

もしかすると今のお気に入り数とか再生回数とか全然知らないのかもしれない。

天瀬は社用タブレットを操作し、柚月のチャンネルを表示させる。

「えっと……、に、二千人も!?」

さすがにまだ数人。よくて数十人くらいいればいいな、と思っていたがまさかの人数に柚月は驚愕《きょうがく》していた。

ただ、そこは彼の早とちりだった。

「えっと、一桁《けた》間違ってますね。今お気に入り数が二万人です。新人でたった数日の記録としてはとんでもないことです」

「で、でもでも、僕はただクゥちゃんやミィちゃんと遊んでただけですよ!?」

「その魔物と遊ぶというのが良かったのかもしれませんね」

正確に言えばＳＳＳランクの魔物と遊ぶ配信だ。

注目を集めるのはある意味必然と言えた。

「でも、それと天瀬さんが来られたのは何の関係があるのですか？」

「えっと、そもそもＤＳＵでは高ランク探索者には専属の職員がつくんですよ。わざわざ煩《わずら》わしい手続きを省《はぶ》いて、よりダンジョン攻略に勤《いそ》しんでもらえるように」

「はぁ……」

柚月は何もわからずにただ曖昧《あいまい》な返答をする。

「それで私が今回、柚月さんの専属職員として担当することになったのでご挨拶《あいさつ》に伺《うかが》わせてもらったのですよ」

「えっ⁉」

「みぃ？」

「くぅ？」

柚月の動きが固まるとそれに釣られるように二匹の魔物が首を傾げる。

やっぱり柚月に何かあったらすぐに襲われそうだ。

天瀬は冷や汗《あせ》をかいてしまう。

「ぼ、僕は探索者じゃないのですよ？　それなのに専属って……」

「柚月さんのダンジョン配信の人気と、それを新人さんがやってることを考えるとＤＳＵとしては当然の配慮です」

「でも、僕がＤＳＵにできることなんて何もないですよ？　僕たちは力がないですし……」

——世界を滅ぼす力があってもまだないっていうの⁉

とりあえず何とか勧誘したいという気持ちから次第《しだい》に声が大きくなっていく。

「そんなことないです！　柚月さんのおかげで色々と魔物の知らなかった生態とかもわかるか

もしれませんし、よかったらその……、クゥちゃんやミィちゃんの切った体毛とか爪《つめ》とかを売却していただけると……うちとしては……嬉《うれ》しいのですけど……」


さすがにこれは踏み込みすぎただろうか？

カーバンクルの体毛やドラゴンの爪なんて高級素材、大抵《たいてい》はＤＳＵにも卸《おろ》してもらえない。

探索者が自身の装備に使用してしまうからだ。

だからこそ値段が高騰《こうとう》している素材なので、資源確保のために安定供給が見込める柚月に頼みたいというのがここに来た目的の一つでもあった。

しかし、売れば確実にＤＳＵよりも高く売れる。

オークションでもしようものなら世の探索者がこぞって大金をつけてくるだろう。

そんな中で一定価格で手数料も取られるＤＳＵに売る理由がない。

探索者ならばその売却が評価に繋《つな》がって、自身の探索者ランク上昇に結びつくのだが、柚月の場合は探索者ではないからなおさらだった。

「あぁ……」

柚月も返事に困っている様子だった。

――やっぱり突然来た変な職員にそんなもの、渡せないですよね。

「えっと、まだミィちゃんの爪は生《は》え替わってないけど、クゥちゃんの毛なら部屋の掃除をしたら落ちてそうかな？」

「すぐには用意できないですけど、また取りに来てもらえますか？　どうせ捨てちゃうものですから」

「えっ？」

「くぅ！」

柚月の屈託《くったく》のない笑みを見て、天瀬はなんだかすごく悪いことをしている気がしてくる。

「わ、わかりました！　私が掃除をします！」

「えぇぇ!?　ど、どうしてそんなことに!?」

「柚月さんの手を煩わせるわけにはいきませんから！　それに専属職員はいつでも探索者の呼び出しに対応できるように普段の業務は免除《めんじょ》されてるんですよ。つまり柚月さんに何か言われないと私、仕事がなくて……。ま、まだ私も新人なのに……」

このまま柚月に捨てられると出世街道から離れた窓際族になってしまう。

それだけは何とか回避しようと必死に柚月の手を摑み頼み込む。

「えとえと……、そ、それじゃあ、ダンジョン配信の収益化とか教えてもらっても良いですか？　僕、全然わからなくて……」

「もちろんですよ。おそらく柚月さんの数字ならもう申請すればすぐ通りますので、代わりにやっておきますね」

「いいのですか!?」

「もちろんです。諸々《もろもろ》の雑務は私の仕事ですから」

柚月の助けになっているうちは二匹の魔物にも襲われないだろうから、なんとか仕事を探すことに必死になる天瀬。

「あ、ありがとうございます。助かります。その……、クゥちゃんたちの食費がやっぱりすごくかかって困ってましたので」

「くぅくぅ!!」

自分じゃない。ミィちゃんだ！　とでも言いたげにクゥちゃんが文句を言っていた。

「ふふっ、すぐにその心配もなくなると思いますよ。一応、口座はＤＳＵで作ることになりますので、一度書類だけ書きに来てもらっても良いですか？」

「それは構いませんよ。明日にでも伺わせていただきますね」

「その時で良いのですけど……、もし良かったら柚月さんも探索者になりませんか？」

遂《つい》に言ってしまった……。

天瀬の最大の目的。

よその支部に取られないように自分のところで登録してもらう。

それができれば天瀬の支部での評価もうなぎ登りになるだろう。

でも、柚月は渋った様子を見せる。

「えっと、さっきも言いましたけど、僕はその……力がなくて、とてもじゃないですけど、探索者の試験はクリアできないですよ……」

　柚月が心配しているのは探索者試験のことだった。

　合格率が一割を切る超難関試験。

　ダンジョンに関する知識を問う座学試験と実力を問う戦闘能力試験。

　その二つに合格した上で、実際にダンジョンに潜って行う探索試験がある。

　これら全《すべ》てに合格して初めてFランク探索者を名乗ることができるという狭き門だった。

　座学ならば柚月でも受かる可能性はあるが、戦闘能力は一瞬で落ちる自信があった。

「それは支部長と柚月さんの配信を見た結果、ぜひともうちの支部で登録してほしい、って話になってるんです。ほとんどないことですけど、DSUの支部推薦枠《すいせんわく》で許可を与えることになります」

　それに柚月は二匹の魔物を従えているテイマー扱いになるので、二匹を戦闘能力試験や探索試験に連れて行くことができるのだ。

　天災級の魔物たちをたった一人の試験官が相手にする。

　Sランク探索者を試験官にしても無理なことである。

　従ってどちらにしても無条件合格になるのは目に見えていた。

「えっと、なんだかズルしてるような気がして申し訳ないのですけど……」

「そ、そんなことないですよ!?　お返事は明日で構いませんので検討してもらえますか!?」

「わかりました。一晩考えてお返事させてもらいますね」

比較的良い返事をもらえたことで安心する天瀬。

「では私はそろそろ……」

なんとか生き延《の》びたと安堵《あんど》する。

が、その瞬間に膝に乗っていたクゥちゃんが悲しそうな声を出す。

「くうう……」

その可愛《かわい》らしさに思わず息を呑《の》む。

とてもじゃないけど危険なＳＳＳランクの魔物には思えない。

――ダメダメ。油断した瞬間にパクッと来る気かもしれないですよね。

緩《ゆる》みきった頬《ほお》のまま、見えなくなるまで手を振って天瀬はＤＳＵに帰って行くのだった。

◇◆◇◆◇◆

（柚月視点）

天瀬さんの話は色んなことを考えるきっかけとなった。

そもそも探索者になろう、なんて考えたこともなかった。

でもあまりにも堂々とダンジョン配信をしているからこそ、その資格を持っててほしいっていう判断をしたのかもしれない。

更《さら》にいつの間にか僕のチャンネル登録者が二万人を超えていたこと。

というか今見たら既に三万人を超えている。

伸び方がすごすぎて恐怖すら感じてしまいそうだった。

一応収益化のための口座を作りに明日、ＤＳＵに行く約束をした。

その前に僕が探索者になることについてどう思うか、みんなに聞いておきたいな……。

そんなことを考えていると思った以上に疲れが溜《た》まっていたのか、すぐに睡魔《すいま》が襲ってくる。


その夜、僕は体がやけに重く感じて目が覚める。

――この感じはミィちゃんやクゥちゃんが乗ってきたのかな？

クゥちゃんは僕が寝ているとよく布団《ふとん》の中に入ってくることがあった。

おそらくはミィちゃんも同じことをして、でも入るところがなくて上に乗った感じなのだろう。

でもそれにしては妙に重い上になんだか柔らかい。

なんだろう、これ……。クゥちゃんなのかな？

確かにクゥちゃんも柔らかいけど、ここまでモフモフとしていなかった気もする。

何が起きたのか確認するためにゆっくりと目を開ける。

すると、僕の隣に見たこともない少女が眠っていた。

ツインテールが似合いそうな赤い長髪の小柄な少女。

服は着ておらず、頭に角《つの》、腰よりちょい下のところから尻尾《しっぽ》が出ている。

先ほどまでの柔らかい感触はその少女がくっついているためであった。

「……えっ？　誰？」

慌《あわ》てて起き上がろうとするけど、少女とは別に反対側も誰かに掴まれていることに気づく。

そちらのほうには白く長い髪の小柄な少女が眠っていた。

特徴的なアホ毛が一本ある。

神秘的な雰囲気《ふんいき》を身に纏《まと》っているもののやはり全裸《ぜんら》で僕にしがみついている。

そして、僕が起きたことに気づいたのか、まずは白髪の少女が目を覚ます。

「くぅ？　もう朝なのです？」

「ま、まだ暗いけど……」

「くぅう、まだ眠いのです」

寝ぼけ眼《まなこ》を擦《こす》りながらぼんやりと僕の顔を見てくる少女。

確証はないのだけど、なんとなく僕は彼女に聞く。

「もしかしてクゥちゃん？」

髪の色とか身に纏った雰囲気でそう聞いてしまう。

「くぅう？　どうしたのです、八代くん？　クゥのこと、忘れちゃったのです？」

——やっぱりそうだった!?

一応クゥちゃんはダンジョンで拾ったリス猫だ。何かしらの力は持っていても不思議ではない。おそらく人化の能力を持っていたのだろう。

そうなるとこっちの赤い少女も……。

「もしかしてミィちゃん⁉」

「んんっ、なんだ八代？　まだ眠いのだ」

当たり前のように返事をする少女。

やっぱりそうなんだ。二人とも人化する能力を持ってるんだ……。

今まで能力を使わなかった不思議はあるもののそれよりなにより問題がある。

「ふ、二人の服をどうにかしないと⁉」

さすがに全裸でいさせるわけにもいかず、とりあえず僕のシャツを着せることにした。

僕も同世代の男子から考えると小柄な方だけど、それでも二人にはそのシャツがかなりダボダボでワンピースのように着ることができていた。

朝になると僕はいつものように二人にご飯を作っていた。

「八代くんの料理、美味しいのです」

「うむ。私はもっと肉が食いたいのだ」

今までも十分に騒がしかったのだけど、二人が人化して喋《しゃべ》るようになってからはそれ以上に騒がしいものとなっていた。

　一人でしか食事をしたことがなかった僕からしたら、それは心地よい騒がしさでもあった。

「お肉はまた買ってくるよ……。それよりも今日は学校から帰ってきたら服を買いに行くよ」

「服なのですか？」

「食べ物か!?」

　どこまでも食い意地の張っているミィちゃんに僕もクゥちゃんも呆《あき》れ顔である。

「今着てるでしょ……」

「このピラピラか。それよりも肉がいいのだ」

　ミィちゃんが服をめくってみせる。

　それを慌てて止める。

「とにかく二人の服がないと出歩けないからね。服がないとお肉も買いに行けないんだよ!?　それでもいいの!?」

　肉を絡《から》めて服の重要さを説くとミィちゃんは顔色を真っ青にしながら僕の服を掴んでくる。

「お、お肉の引換券だとは思わなかったのだ……。服、買いに行くのだ……」

「八代くん、クゥのは？　お肉よりお魚がいいのです」

「お魚も服を買ったあとに買いに行こうね」

「くぅう！　八代くん、大好きなのです！」

クゥちゃんが抱きついてくる。

でもリス猫の時とは違い、それなりに大きくなっている上になぜか力は僕以上にある。

そのまま僕は押し倒されていた。

「なんだなんだ？　遊びなのか？　私もやるのだ！」

ミィちゃんも笑いながら飛びついてくる。

当然ながらそんな状態で動けるはずもなく、僕は時間ギリギリになるまでもがき続けた。


「それにしてもどうして急に人化できるようになったんだろう？」

ようやく離れてくれたクゥちゃんたちを見ながら僕は呟《つぶや》く。

「わからないのだ！」

相変わらずミィちゃんは即答する。

「えっと、それはクゥたちの能力なのです」

「能力？」

「くぅ。人化の能力。八代くんと一緒になりたいって思ってたらできたのです」

「できたのだ！」

「えっと、そんな簡単にできるものなの？」

「簡単ではないのです。魔素《まそ》を使い切ったら元に戻っちゃうのです。でも八代くんのおかげで魔素をたっぷり取り込んで成長できてるから問題ないのですよ」

「魔素？　そんなの見たことないけど？」

「なんだ、八代は見たことがないのか？　そこら中にあるのだ」

「えっと、八代くんたち人間さんは魔素の感知が苦手みたいなのです。だから地上には高純度の魔素がたくさんあっても全く使われてないのですよ」

　使われないから溜まり放題、ということなのかな？

「もしかしてダンジョンって――」

「魔素を手に入れるために作られた……洞窟みたいなものなのです」

　どうして突然、ダンジョンが現れたのか？　一つ現れると何個も現れるようになったのか？

今までその疑問が解かれることはなかったが、こうしてクゥちゃんが直接教えてくれてあっさりその疑問が解消することとなった。

「それじゃあみんな地上で過ごせば……」

「それはできないのです。ダンジョンの入り口は固い結界《けっかい》で封じられているのでなかなか出られないのです」

「一体誰がそんなことを!?」

「それは……、わからないのです。この世界の人はダンジョンに簡単に入れるから多分こっちの世界の問題だとは思うのですけど」

それじゃあ魔物たちが一方的に蹂躙《じゅうりん》されているんだ……。

「あれっ？　でもクゥちゃんたちは普通に出てきてるよね？」

「それはあのダンジョン……、元々クゥが管理してたものなのですけど、今はその所有者が八代くんだからです」

「……へっ？」

色々ととんでもない情報が飛び出してきた。

僕があのダンジョンの所有者？　えっと、確かに僕の家の庭にあるし間違いではないだろうけど……。

「なぜかはわからないのですけど、八代くんに認められるとこうして自由に外へ行き来できるのです」

「なんでそんなことになってるのだろう？」

「それは……、クゥのせいなのです。クゥが人と争いたくないって抵抗したら魔王様に襲われて、ダンジョンをこの世界にくっつけられちゃったみたいなのです。なんとかクゥの力でこの場所が見つからないようにしてたんだけど、力尽きて……」

「あっ、それが僕が洞窟に入った……」

「そうなのです。使える魔素もなくなってもうダメかと思って誰かもわからずにダンジョンマスターの権利を渡しちゃったのです。でも、八代くんが魔素たっぷりの薬を使ってくれたから……」

「えっと、意外にも治っちゃったってこと？」

「くぅぅ。本当に助かったのです。ありがとうございますなのです」

そこまで教えてもらって僕はおおよその事態を把握《はあく》することができた。

つまりこの地上は上質な魔素が溜まっており、それを取り込むと魔物は成長する。

ずっと地上にいるということはオートモードで金属スライムを倒し続けている状態、ということなのだろう。

それで思った以上に成長しちゃったから人化することができた、ということなのか。

「えっと、もしかしてクゥちゃんたちをここに出してることってマズいことなの？」

「クゥたちは八代くんたちに何かしようとは思わないのです。でも、このダンジョンのことを聞きつけた他の魔物さんがどう動くかはわからないのです……」

クゥちゃんがしょんぼりと落ち込んでいる。

確かにクゥちゃんを襲ってこの世界にダンジョンを繋いだ相手が、この場所を知ったら何もしないはずがない。

いつかは絶対に襲ってくる相手なのだ。

「安心しろ。敵は私が倒すのだ！」

ミイちゃんが拳《こぶし》を作って殴るマネをしていた。

「くぅ。クゥも八代くんを守るのです。防御《ぼうぎょ》と回復は得意なのですよ」

クゥちゃんもギュッと両手を握りしめて気合いを入れていた。

ただ、絵的に少女二人に守られているだけ、というのはどうなんだろう……。

僕は少しだけ悩ましく思った。

「それじゃあ、僕は二人が安心できる場所を作る……といったところかな？」

結論として、この二人をここまで成長させてしまったのは僕なのだから、これからもしっかり面倒《めんどう》を見る必要がある。

だからこそ保護者的な立ち位置で成長を見守っていこう、と考えた。

「八代くん、それよりも時間、大丈夫なのですか？」

クゥちゃんに言われて気づく。

すでに時間はギリギリ。走って行かないと遅刻しそうだった。

「わわっ、遅刻する!?　そ、それじゃあ、僕は行ってくるからお昼は作り置きのご飯を食べてね」

「わかったのだ！」

「くぅう。少し寂《さび》しいのです」

「また夜になったら一緒に遊ぼうね」

「くぅ！」

さみしさを紛《まぎ》らわせてあげるために軽く頭を撫でるとクゥちゃんは笑顔を見せる。

すると自然とミィちゃんも自分の頭を差し出してくる。

「ミィちゃんもお留守番、頼むよ」

「任せるのだ！　侵入者《むし》が入ってきたら倒すのだ！」

ミィちゃんは虫が嫌いなのだろうか？

なんとなくそんな姿は想像できないけど……。

「殺虫剤ならあるけど使い方わかる？　適当に使って追い払ってね」

「わかったのだ。しっかり処分しておくのだ」

グルグル腕を回すミィちゃんを微笑《ほほえ》ましく思いながら僕は家を出るのだった。

◇◆◇◆◇◆

（ミィちゃん視点）

八代を見送ったあと、ミィちゃんはクゥちゃんと頷き合っていた。

「侵入者《むし》、いるのだ」

「くぅ、ダンジョンに入ってないのです。入れないように結界を張ることもできるけどどうするです？」

「八代は侵入者《むし》は追い払えって言ってたのだ。だから追い払うのだ」

「それじゃあこのおうちとかには入れないようにしておくのですよ」

クゥちゃんが一瞬光ると柚月家や庭にだけ進入禁止の結界が張られた。

「久々に全力で暴れるのだ！」

「あんまり全力を出すとまた壁が壊れるのですよ。前は大変だったから」

ミィちゃんが現れる時に壊した壁をこっそりと直していたのはクゥちゃんだった。

「だ、大丈夫なのだ。全力は出さないのだ」

やってきた侵入者《むし》の数は四人。

その力はミィちゃんの爪一本分にも満たないであろう程度だ。

本当に虫程度の能力の持ち主。

だからこそ八代に言われた通りに追い払わないといけなかった。

クゥちゃんによる結界のおかげでダンジョンまで一本道で行くことができる。

ダンジョン内だと多少暴れても魔素による修復が可能であった。

もちろん、それができるのはクゥちゃんだけなのだが。

そんなことはつゆ知らず、侵入者《むし》たちはダンジョンに待ち構えるトカゲ姿に戻ったミィちゃんを見て口を吊《つ》り上げていた。

「へへへっ、やっぱりこんなドラゴンが当たり前のようにいるダンジョンだったな。しかも人を襲わないとか宝の山じゃないか」

「いいか、山分けだぞ。それでもどれだけ豪遊しても余るほどの金が貰《もら》えるだろうけどな」

侵入者《むし》たちが嫌らしい笑みを浮かべている。

優しく温かい雰囲気を持つ八代とは違い、嫌悪感すら抱いてしまう。

こんな欲望渦巻《うずま》く感情を持つ者たちが八代のダンジョンに入ってきたというだけで嫌気が差す。

でも、八代の言いつけは絶対である。

なるべく怪我《けが》をさせないように追い払う。そのためにミィちゃんはトカゲ姿から人間の姿に戻り、鋭い視線を投げかける。

人化ができるとは思っていなかったのか、侵入者《むし》たちは驚きを隠しきれなかったようだ。

ただ、悲しいことに今のミィちゃんの姿はロリ少女。

髪の毛はツインテールにしてもらっているが、それがミィちゃんの可愛さを引き立て、精一杯睨《にら》みつけたところで一切威圧《いあつ》感はなかった。

「本当なら八つ裂きにしたいところだけど、八代は侵入者《むし》が入ってきたら追い払えって言ってたのだ。お前たちも運が良かったのだ」

空中に浮かび、着ている服とツインテールの長い髪をなびかせているミィちゃんを見て、侵《む》入者《し》たちはニヤリと笑みを浮かべる。

「まさか大当たりとはな」

「このロリドラゴンは人を襲うことはない。しかも金になる」

「捕まえろ！」

すぐさま侵入者たちは各々《おのおの》走り出してミィちゃんへと向かう。

不法を働くような彼らだが、これでもCランク探索者である。

標準的な探索者レベルでその辺の弱い魔物なら難なく倒せる。

しかし、相手が悪かった。

『一応結界は張っておいたのです。これで別のダンジョンに繋がることはないと思うのです』

「助かったのだ！」

クゥちゃんからの念話を聞き、ミィちゃんはニヤリ微笑む。

ただ、それを聞いていた侵入者《むし》たちはミィちゃんが命乞《いのちご》いをしているように錯覚《さっかく》してしまう。

「助けを呼ぼうとしても無駄だぞ」

「ははは っ、おとなしく捕まるんだな！」

侵入者《むし》の声が響くが、ミィちゃんはまるで別のことを考えていた。

「追い払わないといけないから、消し炭《ずみ》にできないし……。抑えて……、抑えて……。えーいっなのだ!!」

可愛らしいかけ声と共にミィちゃんの口から魔法を形作る前の魔力による衝撃弾が放たれる。

ズドォォォォォン!!

とんでもない衝撃音と共に土埃《つちぼこり》が舞い上がる。

「よし、手加減できたのだ!」

魔法を使っていないのだから死にはしないだろう。

最強種レッドドラゴンの攻撃は単なる魔力によるものでも凄《すさ》まじかった。

ダンジョンの床は吹き飛び大穴が空《あ》き、そこに倒れて意識を失っている探索者たちが見える。

「あわわわわっ。ダンジョンが意外と弱々だったのだ。ど、どうするのだ?」

ミィちゃんは頭を抱え慌てている。

「そ、そうなのだ。二階層ができたってことにするのだ!」

そうと決まったらのんびりしている時間はなかった。

転がっている探索者《ごみ》を外に捨て、半壊したダンジョンを魔法で作り直さないといけなかった。

もしダンジョンを壊してしまったとわかると八代に嫌われるかもしれない。

それこそがミィちゃんが何よりも恐れることだったのだから――。

「く、クゥちゃんも手伝ってほしいのだ!」

『仕方ないのです。その代わり、八代くんにあとから謝るのですよ』

「わかったのだ! だから急ぐのだ!」

こうして、開けた空間しかなかったダンジョンは二階層あることとなったのだった——。

◇◆◇◆◇◆

（柚月視点）

侵入者が現れるなんてまるで想像もしていなかった僕は学校に着くと同時に瀬戸《せと》くんに相談しに行った。

「瀬戸くん、お願いがあるんだけどいいかな？」

「金ならないぞ！」

「僕もないけど、そうじゃなくて、放課後って空いてないかな？」

「これでも放課後は帰宅部で忙しい」

「そっか……。ごめんね。変なことを聞いちゃって……」

「ち、違うだろ、そこは。『帰宅部なら暇《ひま》だろ！』ってツッコミを入れるところだろ！」

「ご、ごめんなさい。僕、そんなお約束も知らなくて……」

「何度も謝らなくてもいい。俺とお前の仲じゃないか。死の淵《ふち》まで付き合うぞ」

「えっと、そこまでしなくてもいいよ……。でもありがとう。助かるよ」

「それでどこに行くんだ？　ＤＳＵにでも行くのか？」

冗談のつもりだったのだろう。

僕が頷くと瀬戸くんは驚きを隠しきれなかった。

「えっと、うん」

「ま、まさか探索者になるのか⁉　いや、確かにお前なら問題なくなれる……のか？」

「えっと、さすがに僕が探索者になるのは色々と問題あるよね……」

「そもそも試験は通過できるのか？　実技試験、かなり鍛《きた》えてないと厳しいって聞くぞ？」

「それがその、推薦枠で試験免除になるみたいなんだよ……。でもどうしようかなって……。あと、口座だけは作る必要があるみたいで……」

「なるほどな。別に資格だけならもらっておいても良いんじゃないか？　くれるものを断る理由もないだろ？」

そういえば取得したことで何かデメリットがあるのだろうか？

詳しい話を聞いて判断しても良いかもしれない。

「ありがとう、参考になったよ」

「おう、任せておけ！」

「あと、服を買いたいんだけど……」

「だ、ダメだよ、柚月くん！　自分を大事にしないと！　服なら私たちがついていくからね」

「……んっ」

瀬戸くんと話していたら三島《みしま》さんたちも会話に加わってくる。

どうやら二人も来てくれるらしい。

買うのがクゥちゃんやミィちゃんの服だから二人が来てくれるのはありがたいかもしれない。

「いいの？」

「うん、瀬戸が野獣《やじゅう》になったら危険だからね」

「なるかっ!?」

「……危険」

「椎《しい》まで……」

「そういうことだからどうかな？」

「よ、よろしくお願いします」

頼りになる二人に頭を下げてお願いするのだった。


放課後になり、初めての友達とのお出かけに僕は胸を躍《おど》らせていた。

瀬戸くんたちと話すまでは僕は一人でいることが多く、放課後もあまり遊びに行くといった経験がなかったのだ。

もちろん経験はないが知識としてはしっかり学習していた。漫画で……。

「確か放課後に遊びに行くときは一緒のものを食べたり、手を繋いだりするんだよね？」

「しねーよ！　それはどこのカップルだよ！」

瀬戸くんが声を荒らげて言い返してくる。

「えっ？　普通の友達の話だよ？」

「男同士が手を繋いだり一緒のものを食ったりするはずないだろ!?」

「しないの？」

漫画の知識が間違っていたのかな？

僕は女子二人に確認をする。

「……柚月はしたいの？」

「うーん、柚月くんならいいけど瀬戸とはしたくないわね」

あんまり否定的な言葉は返ってこなかった。

「やっぱりするのが普通なんじゃないの？」

「なんで俺としようとするんだよ！　そもそもそれは男女の友人とかそういった話だろ!?」

確かに漫画では男女だった気がする。

「でも友人に性別は関係ないよね？」

「んっ」

「確かにそれは柚月くんの言うとおりだね」

「ほらっ、やっぱりおかしいのは瀬戸くんの方みたいだよ」

「理不尽すぎるだろ、これ」

瀬戸くんが声を荒らげると女子二人は笑い声を上げていた。

まずは面倒な用事から……と僕たちはDSU地方支部へと出向いていた。

バス停から徒歩三分くらいのところにある比較的大きなビルにDSUは入っていた。

一階には駐車場を完備し、二階に受付、三階には学科受講用の教室がいくつもある。

四階よりも上は職員の事務所になっており、各部署ごとにダンジョンを監視したり、配信をチェックしたり、素材を鑑定したり、等の作業を行っていた。

更に地下には大空間の訓練施設が備わっており、主にここで実習を行っている。

つまり、もしクゥちゃんやミィちゃんを連れて来ての実習をしようものならビルの倒壊すらも考えられるのだ。

もちろんそんなことはつゆ知らず、初めて来たDSUを見上げながら僕は声を漏《も》らす。

「お、思ったよりも大きいところなんだね……」

「これでも地方支部だからかなり小さいけどな」

「ほ、本部だともっと大きいの!?」

なんだろう、急に場違いに思えてきて帰りたくなってきた。

でも、預金口座を作るだけなら別に何もおかしいことはないよね……。

「それにしてもDSUで口座作るのって探索者だけだと思ってたよ」

「……えっ？　どういうこと？」

「探索者に対する優遇はすごいけど、お金を下ろすのにＤＳＵまで来ないといけないし」

「――探索者になれば問題ない」

「つまり周囲を固められてるのか」

「ま、待ってよ!?　そんなに期待されても僕……」

受付の順番待ちをしていたところで大声を上げてしまい、周りの注目を集めてしまう。

当然ながらＤＳＵに来る人は大半が探索者。

しっかりと鍛えた体つきの厳《いか》つい男の人が多く、学生服の僕たちを怪訝《けげん》そうに見ていた。

「おいっ!!」

そのうちの一人に声をかけられる。

僕はビクッと肩を震わせて瀬戸くんの後ろに隠れてしまう。

「あっ、大声を出して済みません。うるさかったですよね？」

三島さんが笑顔で対応してくれる。

「そんなことを言いたいんじゃない！」

男は僕のことを睨みつけている。

もしかすると「ここは学生が遊びに来るような場所じゃない！」と怒鳴りつける王道展開になるのだろうか？

もしここで主人公とかならばチート能力で簡単に追い払う場面である。

ただ、僕がそんな力を持っているはずもなく、誰かの後ろに隠れることしかできなかった。

「それなら何が言いたいんだよ」

瀬戸くんも睨みつけながら言う。

「それはだな……。えっと……『ミィちゃんお説教配信』から八代さんのファンです。よかったらこの鎧《よろい》にサインをしてもらえませんか!?」

「……えっ?」

まさかのとんでもない言葉に僕は呆然《ぼうぜん》としてしまう。

すると他の探索者たちも「あいつ抜け駆けしやがった!?」とか「俺は声をかけたいのを我慢《がまん》したのに」とか言い出して、気がつくと僕の前には行列ができていた。

「あぅあぅ……。こ、これはどうしたらいいの?」

困惑《こんわく》する僕に瀬戸くんは首を横に振って、カバンの中からペンを取り出してくる。

「配信者たる者、ファンサービスも仕事の一つだろ?」

その言葉に三島さんや椎さんも頷いていた。

どうやらこの場に僕の味方はいないようだった。

敵集団を突破するために僕は一人、黙々とサインを書いていくのだった。

もちろん何も準備していなかった僕はただ名前を書いていくだけなのだが……。

それでも、もらった人は大喜びで諸手《もろて》を挙げて何度もお礼を言ってくる。

しかもなぜか行列が収まることはなく、更に人は増え続けている。

その理由はもちろん、最初に書いてもらった人が喜んで『今DSU地方支部で柚月八代さんがサイン会をしているぞ』と広めてしまったせいでもあったのだが。

そんなことになっているとは思いもよらず、僕が突発サイン会を終えることができたのは一時間ほど過ぎたあとのことだった。


「つ、疲れたよぉ……」

「お疲れ様」

三島さんがお水を持ってきてくれる。

「ありがとぉ……」

それを飲みきるとようやく人心地《ひとごこち》つくことができた。

「柚月さん、お疲れ様でした。すごく大人気ですね」

同じように水を持ってきてくれた天瀬さん。

気にはかけてくれていたようだった。

「き、今日はたまたまですよ、きっと……」

「たまたまにしてはほぼ全員の人が来ていたように見えたけどね」

三島さんがジト目を向けてくる。

「柚月さんは今もっとも注目を集めてるダンジョン配信者ですからね。あっ、私もサインを貰っておこうかな？」

「やめてくださいよ……。それに天瀬さんは僕の専属なんですよね？　いつでも会えますし」

「……専属？」

椎さんが訝《いぶか》しむ表情を見せる。

「専属って高ランク探索者につけられるっていう？」

「正確にはＤＳＵに覚えの良い高収入の探索者、なんですけどね」

天瀬さんが椎さんの言葉に修正を加える。

「どちらにしても柚月は探索者じゃない。それなのにどうして？」

「ダンジョン配信をされてますからね。あの人気だと不逞《ふてい》な探索者が柚月さんの家の敷地に侵入して……とかも考えられますから。そうなるととんでもない被害が出てもおかしくないので、私が派遣《はけん》されるようになったのです」

「……納得」

「そんな泥棒《どろぼう》みたいな人がいるんですか？」

「全員が人気配信者みたいに、視聴者のことを考えている人たちばかりじゃないのですよ」

そんなことを言われたら安心して家で寝られない気がする。

「だからこそ本格的にＤＳＵが介入《かいにゅう》したいので、ぜひ探索者になってほしいのですよ」

「えっと、それってもしなったら何かデメリットとかあるものなのですか？　毎年お金がかかったりとか強制的に依頼を受けさせられたり……とか」

「一応毎年一つ以上の依頼を受けてもらわないといけない、とか、犯罪歴がないこと、とかそういった規約はありますね。でも柚月さんの場合、犯罪歴はないでしょうし、依頼はクゥちゃんやミィちゃんの素材をたまに売ってくれるってことで解決しますね」

　つまりはゴミを引き取ってもらえばそれで良いんだ……。

「それなら――」

　僕は受け入れようとしたのだけど、それを椎さんが止めてくる。

「――あの素材の価値をわかってて取ろうとしてる？」

　鋭い視線を天瀬さんに向ける。

「もちろんですよ。たださすがにオークションとかで付く値段までは無理ですけど、一般買取額は出させてもらいます」

「んっ、それならいい」

　どうやら僕が買い叩《たた》かれると思って心配してくれたようだった。

　そもそも僕としてはただのゴミ回収でお金まで貰えるなんて申し訳なくすらあるのだけど。

「……って椎さんは魔物とかダンジョンに詳しいの？」

「――一応姉が探索者」

「そうなんだ……。それなら僕のお手伝いとか頼んでも……っていきなり言っても迷惑だよね。まだどれだけ収益化でお金が入るかもわからないわけだし」

「――やる」

「……えっ？」

「これでもそこそこ詳しい。きっと役に立つ」

「うーん、いいのかな？」

「良いと思いますよ。いずれにしろこのまま続けていけば人手が必要になってきますしね」

「そうなんですね。それならまた頼んでも良いかな？　今は色々と手続き回りだけで手一杯《ていっぱい》になりそうだから」

「……任せて」

「柚月さんと同じパーティーなら柚月さん同様に推薦枠で探索者登録ができると思いますが、どうされますか？」

「――やる」

椎さんが即答する。

今後わからないことがあったらすぐに聞けるのはありがたいよね。

するとそんなやりとりを瀬戸くんたちが羨《うらや》ましそうに見ていた。

「えっと、瀬戸くんたちも一緒にどうかな？　まだまだ仕事も収益も少ないと思うけど、友達に助けてもらえると嬉しいな……」

さすがに瀬戸くんたちにも自分の生活がある。

無理強《むりじ》いはできないかなと思いながら聞いてみる。

が、二人は目を大きく見開いて、僕に詰め寄るように言ってくる。

「いいの!?　やりたい！　やらせて!!」

「俺もいていいのか!?」

「もちろんだよ。えっと、僕の手には負えない仕事とか、いっぱいありそうだし……」

みんなやってくれることになって、僕はどこかホッとしていた。

「んっ。まずはＳＮＳの開設とか配信スケジュールの作成とか、あとは企業からの依頼とかも来るようになるかも」

「うへぇ……。やること多そうだね」

「その辺は私たちが担当するよ。ＳＮＳとか他の配信からの情報収集は瀬戸が得意よね？」

「おう、任せろ！　これでも一日二十六時間は見てるぜ！」

「はいはい、一日オーバーしてるからね。柚月くんがメイン配信を担当するとして、魔物くんたちやダンジョンの管理なんかは椎がやるほうがいいね」

「――んっ。やる」

「そうしたら私が交渉《こうしょう》関係とインスタとかショート動画担当かな？」

三島さんがテキパキとみんなの仕事を割り振っていく。

「あっ、交渉系は私がやるので大丈夫ですよ。一応柚月さんの専属職員ですからね」

天瀬さんも加わる。

「とりあえず次の休み、柚月くんの家で改めて話し合いましょう」

「えっと、僕の家で良いの？」

「ダンジョンがあるのも魔物くんたちがいるのも柚月の家でしょ？」

「それもそっか……」

でも初めて友達が遊びに来てくれる気がする。

えっと、掃除しておいた方が良いよね？


DSUでの用事が終わり、無事に探索者資格を受け取った。

みんなFランク探索者の資格証を見て嬉しそうにしている。

ただ、なぜか僕だけは少し豪華《ごうか》なカードにデカデカとBと書かれた資格証を渡され、苦笑していた。

――できれば僕もみんなと一緒がよかったなぁ……。

これだけ探索者にも影響が出ている僕を最低ランクにするわけにもいかずに、配信人気も相《あい》まって、いきなりランクを上げられてしまったのだ。

　さすがにAランク以上にするにはまだ実績が足りないので、今はここまでってビクビクしながら受付の人が言ってたが、僕の方も申し訳なさいっぱいで何度もお辞儀《じぎ》をしてしまった。

　みんなが連れ出してくれなかったら永遠に僕はあそこでペコペコしていたかもしれない。

「俺が探索者か……。信じられないな」

「本当にそうよね。今の探索者試験の倍率って東大に受かるより難しいし」

「――でもなってからも大変」

「そうだよな。ここからは実力と人気の勝負になるもんな」

「僕なんか一瞬で蹴落《けお》とされそうな気がするんだけど」

「そんなことないわよ。ところで柚月くんはどんな服を買いに来たの？」

「えっと……」

　クゥちゃんたちはどんな服が着やすいのか想像してみる。

　やはり元々は魔物ということもあってあまり複雑な服は苦手そうだ。

　そうなると……。

「やっぱりワンピースかな？　多分着やすいだろうし」

　すると三島さんは驚きの声を上げる。

「えっ？　ワンピース？」

「うん、そうだよ」

「あーっ、そっか。うん、似合いそうだね」

「……とっても似合うと思う」

三島さんは曖昧な返事をし、椎さんは嬉しそうに頷いていた。

なんでそんな反応をするのかと不思議に思っていると瀬戸くんが呆れ顔で言ってくる。

「まさかそれ、柚月が着るのか？」

「えっ？　僕じゃないよ？　うちのクゥちゃんたちが着るんだよ」

「あっ、そうなんだ……」

「……残念」

何が残念なのか椎さんとじっくり話し合いたいところだけど、今は服を選ぶ方が大事だった。

「ところでクゥちゃんってどんな子なの？」

「どんな子……？　写真見なかった？」

「うーん、柚月くんからは猫の写真しか見せてもらっていない気がするけど？」

「その猫がクゥちゃんだよ？　なんか人になれるらしいんだよ」

「そっか……。ってちょっと待て!?　今さらっと重大な話をしなかったか!?」

「えっ？　あっ、話してなかった？」

「……聞いてない」

椎さんが頬を膨《ふく》らませる。

「えっと、なんかよくわからないんだけど、クゥちゃんやミィちゃんって人化できるんだよ。見た目は十歳くらいかな?」

「それだと身長130cmくらいかな?」

意気揚々《ようよう》と服売り場へ向かう三島さんになぜか僕は手を引かれている。

「さぁ、行くよ!!」

「な、なんで手を引くの!?」

「同性だから気にしないで良いよ!」

「異性だから気にするんだよ!!」

結局そのまま売り場の中へと連れて行かれる。

三島さんたちがワンピースを探して「あーでもない。こうでもない」と話し合っていた。

僕自身もミィちゃんに合いそうな服を探し回っていた。

そんな時になぜか僕の方を見てヒソヒソと陰口《かげぐち》を話す声が聞こえる。

何か言いたいことがあるなら直接言ってくれたら良いのに……。

そう思ったが、少女用のワンピースを探す男子学生。

ヒソヒソの対象になっても仕方ない。

こんな時に盾《たて》になってくれそうな瀬戸くんは店の前で待っている。

賢明な判断だった。

「僕も店の前で待って――」

「柚月くん、これとか似合いそうじゃない？」

三島さんが服を持ってきてなぜかそれを僕に合わせてくる。

フリルの付いたピンク色のワンピース。

さすがにクゥちゃんやミィちゃんにはちょっと似合いそうになかった。

「……似合いそう」

「クゥちゃんにはもっとシンプルな方が合いそうかな？」

「そっか。じゃあこれは柚月くん用で」

「……えっ？」

なぜか当たり前のようにカゴの中に入れられる。

「いやいや、僕は関係ないからね」

「一緒に着て動画撮ると人気でるよ」

「うっ……」

人気という言葉に一瞬釣られそうになるがなんとか耐える。

先ほどの服を元に戻してもらい、今度こそクゥちゃんたちの服を探していく。

数枚、服を選び終え、僕はお金を払うと紙袋を抱きしめながら帰宅の途についていた。

「な、なかなかの値段がするんだね……」

意外と高額を払うことになり、僕はただただ苦笑を浮かべるしかなかった。

「でも、柚月ならすぐに稼《かせ》げるんじゃないのか？」

「そ、そうだね。何かバイトを――」

「何を言ってるんだよ、配信者さん。お前には配信の収益があるだろ？」

「僕なんてまだまだ全然だよ。ただ遊んでるだけの配信だし、ちょっとそれが運良く伸びてるだけですぐに落ちるよ」

「そうなのか？　あれだけ人気あるのに大変なんだな」

「人気なんてないよ。もっともっと頑張って生活費を稼がないとね」

「そっか……。お兄さんしてるんだね。手伝えることがあったら言ってね」

「……んっ」

三島さんと椎さんが優しい声をかけてくれる。

「ありがとう、みんな」

「それじゃあ、また明日、学校でね」

「んっ」

「次の休みも忘れるなよ」

手を振りながらみんなを見送ると僕は家へと帰る。

すると、玄関入ってすぐのところでミィちゃんが正座をしていた。

目に涙を浮かべて顔色は真っ青。

そのただならぬ様子に僕は何かトラブルがあったのだと察する。

「ど、どうしたの、ミィちゃん」

「わ、私は頑張ったのだ。侵入者《むし》が入ってきたから追い返しただけなのだ」

ミィちゃんがチラチラとダンジョンの方を見てガタガタと震えていた。

「その……、ちょっとやり過ぎちゃったから直そうとしただけなのだ。だからその……、嫌わないでほしいのだ。八代と一緒にいさせてほしいのだ」

「くぅ。ダンジョンがちょっとぐちゃぐちゃになっちゃったのです。片付けようとはしたのだけどダメだったのです」

ちょっと虫を払おうとしてダンジョンで暴れて、中をぐちゃぐちゃにしちゃったのだろう。

それで怒られて追い出されると思っているのかもしれない。

僕は優しい笑みを浮かべながら言う。

「大丈夫だよ、僕はミィちゃんを追い出したりしないからね」

「ほ、本当なのか……？」

「うん、もちろんだよ」

「あ、ありがとうなのだー！」

ミィちゃんは喜び、僕に向けて飛び込んでくる。

「ぐふっ……」

「だ、大丈夫なのですか、八代くん!?」

みぞおちにまともに突っ込まれた僕は思わず意識を手放しそうになる。

それを見てクゥちゃんが慌てて僕に回復の魔法を使っていた。

その凄まじい回復ぶりに僕は驚いていた。

「だ、大丈夫なのか……？」

「うん、クゥちゃんのおかげで大丈夫。それよりもダンジョンをお片付けしないとね」

「わかったのだ」

「クゥも手伝うのです」

二人ともやる気を見せてくれている。

そこで僕はふと提案する。

「そうだ、せっかくだからそれも配信する？　『ダンジョン、綺麗《きれい》にしてみた』なんて動画は見たことないもんね」

「そ、それなのだ！　やるのだ！　すぐにやるのだ!!」

「とっても楽しそうなのです」

二人とも乗り気になってくれる。

そこで僕はまず二人に紙袋を渡す。

「まずは服を着替えないとね。これ、二人へプレゼントだよ」

中には数枚のワンピースなどが入れられていた。

「ほ、本当にもらってもいいのか？」

「とっても可愛いのです。ありがとうございますなのです」

「二人がもらってくれないと僕が困るよ。頑張ってみんなで選んできたんだからね」

「わ、わかったのだ！　早速着替えるのだ！」

「どれにするか迷うのですよ」

ミィちゃんがその場で着替えようとするものだから、慌てて奥の脱衣所へと連れて行く。

そして、すぐに着替え終えて僕へと見せに来る。

「ど、どうなのだ？」

「似合ってると嬉しいのです」

不安そうな表情を見せる二人に僕は笑顔を投げかける。

「うん、とっても似合っているよ」

白髪の長い髪のクゥちゃんには髪に合わせた白のワンピース。いくつかフリルが付いており、お淑《しと》やかさと上品さが加わっていた。

ここに帽子でも被《かぶ》ればいっぱしのお嬢様だ。

赤髪をツインテールにしているミィちゃんは情熱的な赤いワンピース。

ぴょんぴょん跳《は》ねてその都度《つど》スカートがめくれ上がっているのは注意する必要があるものの、活潑《かっぱつ》なミィちゃんにぴったりの服だった。

「嬉しいのだ！　それじゃあ、早速お片付けライブなのだ！」

【配信ダンジョン育成中 ～ダンジョン綺麗にしてみた～】

「みなさん、こんばんはー。柚月八代《ゆづきやしろ》です。今日はえっと、ミィちゃんがちょっとダンジョンを散らかしてしまったので綺麗《きれい》にしていきたいと思います」

いつもどおり三人並んで配信を始める。


〝今日はクゥちゃんたちはお休み？〟

〝ミィちゃんだと余計に散らかしそうだもんな〟

〝八代たんの兄妹？〟


「あっ、そうでした。話すのをすっかり忘れていました。えっと……」

「大丈夫なのです、八代くん、クゥたちは自分で自己紹介できるのですよ」

「任せるのだ！　私が最強のミィちゃんなのだ！」

「クゥなのです。よろしくお願いしますなのです」

尊大な態度をとるミィちゃんとあまり慣れていなくてアタフタとしているクゥちゃん。

「えっと、二人はなんか人化できるようになったみたいです。ちゃんと育ってくれてて僕も嬉《うれ》しいです」


〝人化!?〟

〝魔物ってそんなことできるのか!?〟

〝解釈違いだよ。元のトカゲに戻ってくれ〟

〝可愛《かわい》いからよし〟


「とりあえず今はダンジョンの入り口で撮影してるんですけど、……荒れてるね」

ただの洞窟《どうくつ》だった入り口は原形をとどめておらず、やたら大きな入り口が出来上がっていた。

「こ、これくらい広い方が入りやすいのだ！」

「ミィちゃんたちは小さいでしょ？　こんなに大きな入り口は必要ないから埋めていこうね」

「ううう…、わかったのだ」


〝広いにも限度があるだろ!?　ドラゴンでも飼うのか!?〟

〝ミィちゃんはドラゴンだ！〟

〝それもそうだったな〟

〝ダンジョンを綺麗にしてみたって跡形《あとかた》もなく消したってことなのか？〟

「八代くん、このくらいならクゥが直せるのですよ」

「そっか。それじゃあお願いしても良いかな？」

「くぅぅ！　頑張るのですよ!!」

クゥちゃんが返事をするとすぐに光り輝き、そしてその光が放たれたかと思うと次の瞬間に洞窟の入り口は元の形に戻っていた。

「さすがに少し疲れたのです」

「お疲れ様」

僕はクゥちゃんの頭を撫《な》でて労《いたわ》ってあげる。

「ううう、私も何かするのだ!!」

ミイちゃんがクゥちゃんに対抗して何かしようとしている。

ミイちゃんの場合、勝手なことをしないで指示に従ってくれる方が嬉しいのだけどね。

「ここではもうすることがないからとりあえず中を見てみよっか？」

「わかったのだ！」

僕はクゥちゃんたちを連れてダンジョンの奥へと進んでいく。

「なんだか見るのが怖いね……」

「だ、大丈夫なのだ。中はまだ」

「全然大丈夫じゃないのです」

ミィちゃんとクゥちゃんで意見が違う場合、クゥちゃんの方が大抵《たいてい》僕の意見に近い。

つまり、これから見るのはとんでもない惨状《さんじょう》なのだろう、と想像できる。

「うわぁ……」

ダンジョンの中を見た僕は思わず声を上げてしまう。

以前は洞窟のような感じだったが、今は所々にクレーターができていた。

「や、八代は怒らないと言ったのだ……」


〝ここだけ隕石《いんせき》でも落ちたのか!?〟

〝うっかりってレベルじゃないぞ!?〟

〝ミィちゃんが怯《おび》えるほど八代たんって怖いのか!?〟


体を震わせるミィちゃん。

「えっと、ダンジョン自体が崩《くず》れ落ちるってことはないんだよね？」

「それは大丈夫なのです」

「心配なら私が調べるのだ」

ミィちゃんが少しでも名誉を挽回《ばんかい》しようと人の姿のまま空を飛び、実際に天井に向けて炎を吐いて強度を確かめていた。

その都度《つど》とんでもない音が響いているのが少し気になるけど、天井が崩れ落ちてくる気配はなかった。


〝今の炎って最上級魔法じゃないのか？〟

〝崩れる崩れる!!〟

〝これなに？　ダンジョン壊してるの？〟

〝調査中らしい〟

〝俺の知ってる調査と違うんだが？〟

〝安心しろ。俺も知らん〟


しばらくするとミィちゃんが戻ってくる。

「大丈夫だったのだ！」

「うん、見てたよ。これなら安心できそうだよね」

「安心なのです」

いちいち反応が大袈裟《おおげさ》なミィちゃんが僕の前で胸を張って偉ぶってみせていた。

「そうなるとまず僕たちがすべきことは、クレーターを埋めるのと、砂とか岩を掃《は》くことかな？」

「吐けばいいのか？　任せるのだ！」

ミィちゃんの口に強大な魔力が集まり、火の玉を形成し、それを前方に向けて吐いていた。


ドゴォォォォォオン!!

ダンジョンの壁に衝突した火の玉が大きな横穴を空《あ》けていた。


〝ぎゃぁぁぁぁ！〟

〝おかしいおかしい!!〟

〝なんで岩を掃こうとして炎が飛んでくるんだよ!!〟

何が起こったのかわからずにしばらく僕は固まってしまう。

「えっと、今のは……？」

「し、初級魔法のファイアーボールなのだ。ち、ちょっと張り切りすぎただけなのだ」

「そっか……」

「極大魔法のインフェルノなのです。あの威力《いりょく》だとダンジョンの壁は持たないのですよ」

〝天瀬《あませ》：魔法ってここまで威力出るのですね……〟

〝言い訳乙《おつ》〟

〝あれが初級魔法のはずないだろ!!〟

〝どこの大魔王だよ!!〟

〝これは極大魔法ではない。初級魔法だってやつか〟

〝リアルで使う人を初めて見たかも〟

〝八代たんはなんで今の明らかな嘘《うそ》を信じてるんだ!?〟

「とりあえず今のは人に向けて使ったらダメだからね！」

「わ、わかったのだ！　気をつけるのだ！」

ミィちゃんは怒ったらしっかり反省してくれる。本当に外の常識を知らないのだ。

「それじゃあ、まずは砕《くだ》けた石とか岩を片付けていくよ」

「任せるのだ！」

「はーい、なのです」

僕が細かい砂とかを箒《ほうき》で掃いて、それをクゥちゃんがクレーターに入れて埋めていく。

ミィちゃんは埋まっている大石を箒で殴りつけて箒を壊していた。

「わ、私は悪くないのだ!?　ほ、箒が弱々なのがいけないのだ」

「箒はそんなに強度ないからね。ゴミを取るものだから武器でもないよ」

「根性が足りないのだ」

「根性でどうにかできるような物じゃないの」

「私の爪《つめ》の方がよほど強いのだ。八代にも上げるのだ」

ミィちゃんが伸びた爪の先を切る。

が、爪を切った瞬間にすぐ大きな爪へと変化したのはどういう魔法なんだろう?

僕の目の前にはドラゴンの爪が転がっていた。

「爪切って痛くなかったの?」

「私なら平気なのだ」

「そっか。トカゲだもんね。元通り生《は》えてくるのかな?」

「トカゲではないけどそうなのだ」

「く、クゥも……」

「クゥちゃんは痛いんだよね?　そんな無理をしなくて良いからね」

「くぅぅ……」

残念そうなクゥちゃん。

一方のミィちゃんは爪を切るのが楽しくなったのか、再びポンポンと爪を切っていた。


〝ドラゴンの爪って最高級の素材じゃなかったか？〟

〝一枚でも売ればそれだけで豪邸が建てられるな〟

〝まだトカゲと勘違《かんちが》いしてるぞ？〟

〝なんだ、この宝の山は〟

見た目が子供のうちは伸びていても小さなものなのでそれほど気にならないのだが、元のサイズのものが転がっているとさすがに邪魔になってしまいそうだ。

「ダメだよ、ミィちゃん！　ゴミはゴミ箱に捨てないと、でしょ！」

「みぃぃ……。ごめんなさい、なのだ」


〝ゴミｗｗｗｗｗｗ〟

〝ゴミ来ました!!ｗ〟

〝ドラゴンの爪をゴミ扱いｗｗｗ〟

〝素直に謝れて偉い〟

〝宝をあげたら怒られるなんて理不尽すぎるｗ〟


ミィちゃんは素直に謝ってくる。

でも、この爪はなかなかに頑丈《がんじょう》そうなので使い道はあるのかもしれない。

「ミィちゃんはこの爪で岩を砕いてくれるかな？　砕いた物はあの穴に入れていってね」

「わかったのだ！」

それから僕たちは夜通しダンジョン内の整地に勤《いそ》しむのだった。

その甲斐《かい》もあり、ミィちゃんのとんでもパワーやクゥちゃんの助けもあってなんとかダンジョン内は綺麗に整地し終えることができたのだった。

「終わった……」

「よかったのだ！」

「綺麗になったのですよ」


〝お疲れ様〟

〝なかなかの耐久配信だった〟

〝耐久配信なのに見始めより人増えてるんですけどｗ〟

僕はその場に座り込んで安堵《あんど》の息を吐いていた。

ミィちゃんもどこか満足げな表情を見せている。

「ミィちゃんもクゥちゃんも、頑張ってくれてありがとう。今日の晩ご飯は二人の好きなスーパーの（半額〈ぼそっ〉）肉や魚を買ってくるよ！」

「みぃぃ!!!」

「くぅ!!」

クゥちゃんは大喜びで顔を俯《うつむ》かせながらも笑みを隠し切れていない。

もう一人は踊って喜びを表しているが……。

〝スーパーの肉で良いんだ!?〟

〝しかも半額〟

〝もっといい肉を食わせてあげたい〟

〝ミィちゃんのダンスがかわいい〟

〝ドラゴンもこうやってみると可愛いな〟

〝騙《だま》されるな！　相手はＳＳＳ級の龍だぞ!!〟

「さて、それじゃあそろそろ配信を終えようかな。僕も学校があるし」

——徹夜明けでおそらく授業中寝てしまいそうだけど、それでも出席だけはしないと。

僕は起き上がろうとする。

「あれっ？」

そのとき、ミィちゃんが横穴を開けた場所になにやら小さな葉っぱが生えていることに気づいていた。

「ダンジョン内でも草って育つんだ……」


〝ダンジョンで草なんて見たことあるか？〟

〝俺はあるぞ。食べられかけた〟

〝魔物じゃねーか!!〟

〝ダンジョンなんだから当然だろ？〟

〝植物が育つ環境にはないよな〟


思わず感心すると、脳裏《のうり》に言葉が響いてくる。

『育たないのら……』

キョロキョロと周りを見回すが、誰かが話している様子はない。

つまり、この葉っぱが僕に話しかけていたのだ。

「ダンジョン内の草って喋《しゃべ》れるんだ……」

『念話なのら……。このくらいしかできないのら……』

「育たないってやっぱり光と水が足りないから？」

『そうなのら……』

「わかったよ。それじゃあ僕の庭に植え直してあげようか？　外なら光はしっかりあるし、毎朝水もあげていくから」

『いいのら⁉』

「そのくらいお安いご用だよ！」

『ありがとなのらー‼』

話は決まったので、僕はその葉っぱを根元から丁寧《ていねい》に掘り起こして、そのまま地上へと戻っていくのだった――。

〝持って帰っちゃったよ……〟

〝大丈夫なのか？〟

〝魔物ならダンジョンから出たら討伐《とうばつ》されるだろ〟

〝それもそうだな〟

第四話　木の精霊女王のティナ

地上に戻ってきた僕を待ち受けていたのは、眩《まぶ》しすぎる日の光であった。

徹夜でダンジョン配信をしていた僕は思わず目を細めてしまう。

が、時刻はすでに八時。急がないと学校に遅れそうだった。

「早くこの子を植えないとね」

『ありがとなのらー』

「肉も忘れたらダメなのだ！」

「お魚も欲しいのです」

「うん、わかってるよ。あっ、そうだ！　せっかくだし、クゥちゃんとミィちゃんも今日は一緒にスーパーに行く？　結構な量になるから荷物を運ぶの手伝ってほしいんだ」

「行くのだ!!　肉の山を買うのだ!!」

「頑張ってたくさん食べるのですよ！」

「あははっ……、山は買えないかな。それじゃあ、今日はなるべく早めに帰ってくるね」

「頼んだのだ!!」

「待ってるのです」

庭に喋《しゃべ》る葉っぱを植えるとじょうろに水を汲《く》み、軽くかけてあげる。

『これは美味《おい》しい水なのらー』

「普通の水道水だよ」

『最高級の水道水なのらー』

どうやら喋る葉っぱは水道水が気に入ってくれたようだった。

とても幸せそうにしてくれると僕の方もなんだか嬉《うれ》しくなる。

『お日様の光もたくさん浴びれて気持ちいいのらー』

「満足してくれたならよかったよ。何かあったら言ってね。朝と夜に水をあげに来るから」

『ありがとなのらー』

「おっと、時間がないから僕は行くね。ミィちゃんもおやつくれるって言われても変な人について行ったらダメだからね。クゥちゃん、悪いけどミィちゃんのこともよろしくね」

「頑張るのです！」

「おやつ程度で私は釣られないのだ！」

「お肉なら？」

「貰《もら》うのだ!!」

「だからついて行ったらダメだよ!?」

少し心配ながらもこれ以上は遅刻するので僕は家を飛び出していた。


「ま、間に合ったぁ……」

本鈴《ほんれい》前になんとか間に合った僕は机に突っ伏してぐったりとしていた。

すると、瀬戸《せと》くんが声をかけてくる。

「今日はぎりぎりだったな。何をしてたんだ?」

「ミィちゃんがダンジョンを散らかしちゃったから片付けてたんだよ、朝まで……。さっき配信終わったところだよ……」

「徹夜かよ!?　大丈夫か?」

瀬戸くんが心配してくれる。

「この後寝るから大丈夫……」

すでに僕は夢へと旅立ちかけていた。

「まぁ、怒られない程度にほどほどにな」

「うん……」

そのまま僕は眠りについていた。

放課後になると僕のところへ、三島《みしま》さんと椎《しい》さんがやってきた。

「あははは っ、柚月《ゆづき》くん、すごくよく眠ってたね」

「ちょっと昨日寝てなくて……」

「先生も諦《あきら》めてたよ」

「……寝てないの？」

心配そうに椎さんが僕の顔を覗《のぞ》き込んでくる。

「実はそうなんだよ。だからすごく眠くて……」

「夜更《よふ》かししたらダメだよ」

「……めっ」

「これからはなるべく気をつけるよ」

「そんなに遅くまで何をしてたの？」

「……配信？」

「配信はしてたんだけど、どちらかと言えばミィちゃんが散らかしたのをお片付けしてた感じかな？」

「そういえば服、どうだった？」

「すごく喜んでたよ。大きさもちょうど良かったし。二人とも、選んでくれてありがとうね」

「私たちも選ぶの楽しかったしね」

「……んっ」

「それでもありがとう。今度何かお礼させてね」

「もう十分すぎるほどお礼してもらってるよ」

「……探索者」

「あれは僕が何かしたというよりは天瀬《あませ》さんが……」

「柚月くんが人気者だからだよ」

「……次の休みも楽しみにしてる」

日曜にみんなで会う約束をして帰宅の途についた。


家に帰ってくるとミィちゃんとクゥちゃんが抱きついてくる。

「今日はちゃんとお留守番してたのだ！」

「散らかさないように頑張ったのです」

「うん、偉かったね」

僕が二人の頭を撫《な》でると嬉しそうに目を細めていた。

「今日は誰も来てないんだね」

「そうなのだ。誰も訪ねてこなかったのだ」

「侵入者《むし》さんはもうこりごりなのですよ」

「さすがに待ってるだけじゃつまらないよね。何か考えないと」

「それよりもスーパーなのだ！　ハイパーなのだ！」

「ご飯!!　ウルトラなのです」

「ハイパーとかウルトラだと別の意味になるね。服だけ着替えてくるから待っててね」

「わかったのだ。急ぐのだ！」

「待ってるのです」

「はいはい、わかってるよ」

急《せ》かしてくる二人。

先に玄関へ行き足をバタつかせているようだった。

僕も制服から私服へ着替えると急いで玄関へ向かおうとする。

すると庭の方から声が聞こえてくる。

『お兄ちゃん、いるのら？』

葉っぱさんも考えたら一人埋まってるだけで寂《さび》しかったのかな？

「いるよ。今帰ってきたところ」

『少しだけ来てほしいのら』

二人を待たしてる身としてはそれほど時間が取れるわけではないのだが、この子も急を要しているように見える。

「わかったよ」

『ありがとなのら』

僕はその足で庭先へと出る。

すると、朝より少し大きく元気そうに葉っぱが育っていた。

『お兄ちゃんのおかげで大きくなれたのら。ありがとなのら』

「それはよかったよ。やっぱり太陽に当たらないとダメなんだね」

『それでお兄ちゃんに見てほしかったのら』

何を見るのだろう？　と僕が首を傾《かし》げると葉っぱの根の方がもぞもぞと動き出す。

「えっ!?　だ、大丈夫なの？」

『んっしょ、っと。出られたのら』

葉っぱの根が出きてたと思うとその姿が変わる。

頭に緑の葉っぱを乗せ、金色の長い髪と緑のワンピースを着ている手のひらサイズの女の子がそこにいた。

「お兄ちゃんのおかげでこんなに大きくなれたのら」

「えっと、君はあの葉っぱくん……だよね？」

「そうなのら。お兄ちゃんに育ててもらって木の精霊になれたのら」

クルッと僕の手のひらで回ってみせる。

「それはよかったね。おめでとう」

「ありがとうなのら。嬉しいのら」

「八代《やしろ》ー、まだ時間かかるのかー？」

玄関の方からミィちゃんが待ちくたびれたように声を上げる。

「あっ、もう行かないと」

「あの、あのね、お兄ちゃん」

「どうしたの？」

「な、名前が欲しいのら」

「あっ、そっか……」

少し考えて精霊っぽい名前を思いつく。

「それならティナ、とかはどうかな？」

「ティナ……、ティナ……、うん、すごく良いのら。ありがとうなのら」

「それじゃあ行ってくるね」

「あのあの……、ティナも一緒に行きたいのら」

「えっ？　行くってスーパーに？」

「うん、なのら」

「遅いのだー！」

「八代くん、大丈夫？」

「ごめんごめん。ちょっとトラブルが起きてね」

「トラブル？」

二人は僕の胸ポケットから顔を覗かせているティナの姿に気づく。

ティナはミィちゃんの姿を見ると体を震わせて胸ポケットの中に隠れてしまった。

「それはなんなのだ!?」

「昨日助けた葉っぱのティナだよ。精霊化できるようになったみたいで、一緒にスーパーへ行こうって思ったんだよ」

「て、ティナなのら……」

僕が事情を説明するとティナも少しだけ顔を覗かせて挨拶《あいさつ》をした。

「よろしくなのだ！　私はミィちゃんなのだ」

「クゥはクゥなのです。よろしくなのです」

「よ、よろしくお願いします……なのら」

「それじゃあ、早速《さっそく》ハイパーへ行くのだ！」

「は、はいぱー？」

「スーパーだからね」

ティナに間違った情報を教えそう、と苦笑しながら僕たちはスーパーへ行くのだった。

「食べ放題なのだ!!」

食材がたくさん並べられた棚を見てミィちゃんがまず第一声、恐ろしいことを口にする。

「食べ放題じゃないよ？　必要なものをこのカゴに入れていくんだよ」

「肉が必要なのだ！　たくさんなのだ！」

「はいはい、わかってるよ。でも順番に回っていくからね」

「八代くん。お魚、お魚はどこにいるのです!?」

「おさかなこーなーにあるから少し待ってね」

気持ちは子供の世話をする大人だった。

「この葉っぱ、萎《しお》れてるのら。ちゃんとご飯をとってないのら」

「さすがに収穫されたあとで水《みず》はとらないかな？」

「驚きなのら!?」

いちいち大袈裟《おおげさ》に驚くティナと相変わらず僕の手を引っ張ってくるミィちゃん。

クゥちゃんだけは一歩退《ひ》いたところでみんなを見ている。

これだけ騒いでいると周りの客の注目を浴びるのも必然で――。

「あの子って確か――」

「可愛《かわい》いわね」

「一人増えてる？」

ヒソヒソと陰《かげ》で何か噂《うわさ》されていた。

恥《は》ずかしくなった僕はキャベツをカゴに入れると隠れるように別の棚へと向かう。

すると、そこに置かれたものを見て、ミィちゃんが必死の抵抗をする。

「この緑はダメなのだ！　敵なのだ！　滅ぼすのだ！」

どうやったらピーマンが敵になるのだろうか。

僕は苦笑しながらもカゴに入れようとする。

「緑も美味しいのですよ？」

クゥちゃんは問題なく食べられるようだ。

「苦いのだ！　緑なのだ！」

「み、緑は何も悪くないのら……」

ティナが心配そうに言う。

「ミィちゃん、好き嫌いはダメだよ。あとでお肉も買ってあげるから」

「それで手を打つのだ。やつはあとから私が責任を持って消し炭《ずみ》にしておくのだ」

「そんなことをしたら一週間お肉抜きだからね」

「なっ⁉　そ、そんなことをされたら死んでしまうのだ！」

「だったら消し炭にしたらダメだからね」

「仕方ないのだ。肉のために延命させてやるのだ」

よほどピーマンは苦手なようで最後の最後まで抵抗を見せていたが、人質《にく》を使ってなんとか大人しくさせることに成功する。

「そ、そうなのだ。せ、せめてこっちの赤いのにするのだ」

「パプリカだね、そっちは。あまり使うことってないんだよね」

「ダメなのら。赤い野菜《おじいさん》は大事にしないといけないのら」

ティナが独自の感覚で反論する。

もしかして紅葉的なイメージなのかな？

「赤も美味しいのです」

クゥちゃんはどこで食べたんだろう？

もしかして野菜全般が好きなのかもしれない。

「近いうちパプリカを使った料理も見ておくから今日のところはピーマンで我慢《がまん》してね」

「くっ、私とピーマン《やつ》は戦う運命だったのだ」

「そんな壮大なイベントじゃなくて日常だからね、これ」

カゴの中にピーマンを入れる。

その様子を涙目で見ていたミィちゃん。

その表情を見ると考え直したくなる気持ちはあるが、心を鬼にしてピーマンは入れたままにする。

次は魚コーナーだった。

なぜか魚の一匹を指差して、ミィちゃんは大笑いしていた。

「あははは っ、八代、八代、変な生き物がいるのだ！　あんな形でどうやって歩くのだ？　おかしいのだ！」

いたって普通の魚だが、確かにダンジョンでは見たことがなかったのかもしれない。

「でもとっても美味しいのですよ。きっと滑るように動くのです」

クゥちゃんが必死に説明しているが、実際は陸では動かないよ。

だって魚だし……。

「あれは真ん中にあるヒラヒラしてるヒレって部分から手足が出てきて、それで歩くんだよ」

「おぉぉ、姿が変わるのか？　それはすごいのだ!!」

「えっ!?　変形するのです!?」

「こ、怖いのら……」

普通ならあり得ないことも三人は簡単に信じてしまう。

「きっとこんな感じなのだ」

「ひぃっ」

九十度に頭を下げて、反対側には尻尾《しっぽ》を出す。

その状態でミィちゃんが歩いてみせた。

それを見たティナはサッと僕の胸ポケットに全身を隠してしまう。

「って、堂々と尻尾を出したらダメでしょ!?」

「そ、そうだったのだ!?」

慌《あわ》ててミィちゃんは尻尾を隠していた。

「し、尻尾なんてないのだ……」

既《すで》に周囲の人に見られたあとだというのに、ミィちゃんは納得させるようにその言葉を発していた。それでも周囲の視線が僕たちへ向くのを避けられない。

「こ、こうなっては全員滅ぼして証拠隠滅をするのだ」

「そんなことしたらダメでしょ。ここは簡単な方法があるからね」

「簡単な方法?」

「うん、それはね」

僕は両脇《わき》にミィちゃんとクゥちゃんを抱きかかえる。

手のひらトカゲの時とは違い、しっかりと重さを感じる。

時間にして一分も持ち続けられないだろう。

それでも何かこれ以上トラブルが起きないように……。

僕は二人を抱えたまま慌ててその場から逃げていた。

そして、先ほど見ていた人たちから離れたあと二人を降ろして息を整える。

「はぁ……、はぁ……。さ、さすがに疲れたよ……」

「八代、ごめんなのだ」

「でも助かったのら……」

「ううん、僕が悪かったよ。少しからかいすぎたね」

「からかう？　どういうことなのだ？」

僕は、魚は海や川に泳いでる生き物で陸上では歩かないことを説明する。

すると、ミィちゃんがぽっかりと口を開けていた。

逆にクゥちゃんは納得した様子だった。

「あの魚とかいうやつは変形したり口からビームを吐いたりはしないのか？」

「うん、変形はしないよ。あと勝手にビーム要素は追加しないでね」

「ざ、残念なのだ……」

ミィちゃんがガックリと肩を落としていた。

「そう気を落とさないでよ。ほらっ、次は待ちに待ったお肉コーナーだからね」

「待ってたのだ！　これからが本番なのだ！」

ミィちゃんの元気はものの一秒で戻っていた。

　そして、先ほどまでの出来事は何もなかったかのように元気よく動き出し、周りをキョロキョロ見渡して、目を輝かせていた。

「す、すごいのだ。ここは宝の山なのだ！」

「あわわっ、こ、こんなにたくさんのお肉があるのです。きっととっても強い狩人《かりゅうど》さんがいるのですよ」

「狩人……はいないね。このお肉は牧場で育てられたものだから」

「ど、どれが良いのだ？　全部欲しいのだ」

「全部はダメだよ。この『半額』って書かれたシールが貼《は》ってあるのを探してくれるかな？」

「わかったのだ！」

　パタパタと駆けだしていくミィちゃん。

「クゥちゃんもお魚がいいなら『半額』シールが貼ってあるものだったら好きに持ってきて良いよ」

「くぅ⁉　いいのです⁉」

　クゥちゃんも嬉しそうに　魚コーナーへと向かっていった。

　そして、大量の半額シールが貼られた食材を持って戻ってくる。

「たくさんあったのだ！」

「いっぱい持ってきたのです」

「さすがにその量は多すぎるかな?」

「このくらい食べてしまうのだ!」

「頑張って食べるのです」

「さすがにこれだけ買うと予算オーバーしちゃうね」

「残念なのだ……」

「残念なのです……」

二人は少しガッカリしていた。

とりあえず持ってきたものの中から特に安かった物を厳選して選び出す。

予算の範囲内でなるべく量が多くなるように。

「こ、こんなにいいのか?」

「みんなで食べる分だよ」

「やったー、なのだ!」

嬉しそうに一番大きなお肉のパックを掲《かか》げて踊り回るミィちゃん。

クゥちゃんも態度には出さないだけで、笑みをこぼしているのを僕は見逃さなかった。

その微笑《ほほえ》ましい様子に周りの人も笑顔を見せていた。

「ティナは欲しいものはないの?」

「ティナは美味しいお水と優しい光があればお腹《なか》いっぱいなのら」

「美味しい水……か」

それなら、と僕は隣にあった飲み物のコーナーへと行く。

「お、お兄ちゃん！　な、なんなの、このお水⁉」

「見ての通りだよ。『とっってても美味しいお水』」

「すごいのら、すごいのら！　信じられないのら。ご馳走《ちそう》がどうしてこんな所に転がってるのら？」

「ちゃんと商品として陳列《ちんれつ》されてるよ。これならティナも喜ぶかなって」

「えっ？　これもらっていいのら？」

「そうだね。一本買って帰ろうか」

「ありがとうなのらー！」

お礼と言わんばかりに頬《ほお》あたりに抱きつかれる。

ただ体の大きさの違いがあるためにただくっつかれているようにしか見えない。

「美味しかったらまた今度も買おうね」

「やったー、なのら」

喜ぶティナやミィちゃんたちを連れて僕はレジへと向かう。

いつもの三倍くらいの金額を見て、僕は思わず表情が固まるのだった。

家に戻ってくると今日も天瀬さんがうちの前で待っていた。

「えっと、き、今日もちゃんとお土産《みやげ》を持ってるし大丈夫……ですよね？」

「あの、どうかされましたか？」

「ひゃぁ!?」

僕が声をかけると天瀬さんは驚き、思わず尻餅《しりもち》をついていた。

「あっ、柚月さん……。出かけられていたの……です……ね？」

なぜかクゥちゃんたちの姿を見て、天瀬さんの動きは固まっていた。

「とりあえず中に入りますか？」

「よ、よろしくお願いします」

なぜか訪ねてきたはずの天瀬さんが青ざめていた。

前回同様、天瀬さんにお茶の用意する間にミィちゃんは天瀬さんの隣に座っていた。

「あっ、八代くん。クゥも手伝うのです」

「大丈夫だよ。ゆっくり休んでて」

クゥちゃんが気を遣《つか》って聞いてくれる。

「大丈夫なのか？　顔色が悪いのだ」

「心配してくれてありがとうございます……。わ、私は大丈夫です……」

ミィちゃんも珍《めずら》しく天瀬さんのことを気遣っていた。

「体調が悪いときは肉なのだ！　肉は好きか!?」

「お肉は……好きですけど」

「そうかそうか、肉好きに悪い奴《やつ》はいないのだ！　友好の印《しるし》に私のご飯を分けてやるのだ！」

そう言うと天瀬さんの前に生肉《なま》が一枚置かれる。

隣にはパックを開けて、生肉を貪《むさぼ》り食べているミィちゃん。

「仲良くなったんだね」

「すごく仲良くなったのだ！　友なのだ！　友好の証《あかし》に肉を分けてあげたのだ！」

「良かったね、ミィちゃん。でも、人は生でお肉は食べないんだよ」

「そうなのか!?　それは悪かったのだ！」

ミィちゃんが火を吹くと一瞬で肉は黒く焼けていた。

「こらっ！　家の中で火を吹いたら危ないでしょ！」

「ご、ごめんなのだ」

ドラゴンが目の前で怒られているというあり得ない光景に天瀬さんはここに来て初めて笑みを浮かべるのだった。

「笑ったのだ！」

「はい、お二人がとても仲よさそうで」

「もちろんなのだ！　なんと言っても八代とはマブなのだ！」

ミィちゃんに肩を組まれた天瀬さんは引きつった笑みを浮かべながら、炭《すみ》に近い肉を手に取り口にする。

「苦い……ですね」

「やっぱり生が一番なのだ！」

「それはミィちゃんだけだからね!?」

「えっと、な、生も美味しいですよ？」

僕の隣で生魚を食べていたクゥちゃんがミィちゃんの味方をしていた。


「それで今日はどうされましたか？」

わざわざうちに来るってことは何か特別な用事でもあったのだろうか？

「えっと、昨日の配信で人化のことを話されていましたので、確認をしに来たのですよ。ただそちらはもう大丈夫です」

「？？　それなら良かったです……」

「あとは柚月さんのダンジョンについて色々と確認しておくことがありまして」

「えっと、何でしょうか？」

「私有地のダンジョンに関してはいくつかの決まりがあるのですよ。個人で所有する場合は持ち主がスタンピードを未然に防ぐ必要があります。もちろん、ほとんど個人で所有されている方はおりませんけど」

実際にダンジョンの大多数は国や地方自治体の所有となっている。

かなり高額なお金で買い取ってもらえるから基本売却することが多いのだ。

個人所有で崩壊《ほうかい》でもさせようものなら巨額の賠償《ばいしょう》責任を負うことになる。

「ある意味うちはスタンピードしてる状況ですよね？　これでも責任があるのですか？」

「えっと、周囲に危険はなさそうですので今のところは問題ないかと思います。ですが、もし周りに被害が出るようならそのときは損害を賠償する必要があるので注意してくださいね」

確かにうっかり火を吐いて他の建物を焼失させた、とかなら十分に考えられることだった。

「わかりました。そこは十分に注意しますね」

「あとは一般開放についてですけど……」

「あんまり家に知らない人が入ってくるのは嫌ですよ」

「わかりました。一般開放はなしで柚月さんの許可があった場合のみ入ることが可能、と。ただ必要に応じてＤＳＵ指定の探索者を内部調査に派遣《はけん》することになりますので、それだけはご了承ください」

「わかりました。そのときは襲《おそ》わないように注意をしておきますね」

「あとはその……」

天瀬さんは何やら言いにくそうにしている。

「どうかされましたか？」

「いえ、一応私有地にダンジョンがあることを確認しないといけないのですが……」

「あっ、大丈夫ですよ。早速行ってみますか？」

「で、ですが、さすがに私は戦う力がありませんので――」

「僕もないですよ」

「あっ、そ、そうでしたね」

ようやく天瀬さんは納得してくれて、一緒にダンジョンへ向かうことになるのだった。


天瀬さんを洞窟《どうくつ》へと案内する。

さすがに洞窟の中は暗いので懐中電灯を片手に中へと進んでいく。

天瀬さんの顔が真っ青を通り越して紫《むらさき》に近いのは心配だったが、体調でも悪いのだろうか？

DSUの職員さんだからダンジョンには入り慣れてるだろうし……。

「ここが……そうなのですね」

洞窟の入り口を見て天瀬さんは息を呑《の》んでいた。

そして、なにやら色々と調べている様子だった。

「中に入りますか？」

一度頷《うなず》いた天瀬さんは震える足で、ゆっくりと中へと入る。

一方の僕は既に何度も入っていることもあり、もはや散歩気分で歩くことができた。

すぐにいつも配信で使っている開けた場所にたどり着く。

ダンジョンの一階層部分である。

「ここ、見たことありますね」

「あっ、配信を見てくれてるのですね。ありがとうございます」

笑顔でお礼を言うと天瀬さんは少し顔を染めていた。

「と、とりあえずここも調べさせてもらいますね」

何もない洞窟を調べ始める。

なにやら独《ひと》り言のような台詞《せりふ》を呟《つぶや》いている。

「本当に危険はなさそうですね」

色々と調べた結果、天瀬さんはそう結論づけていた。

「それなら先に行きますか？　ここはまだ配信には載《の》せてない場所なんですけど」

「えっ？　ま、まだあるのですか？」

驚きを隠しきれない天瀬さん。

今度こそ何か危険があるのでは、と怯《おび》えている様子だった。

僕たちは次に二階層へやってきた。

以前はなかった場所なのだけど、ミィちゃんが虫退治でうっかり大穴を空《あ》けた結果、出来上がった場所である。

「ダンジョンなのに本当に何もないの……ですね」

確かに撮影に使っている場所と同様に何もない空間である。

ダンジョンの特徴なのか、地下にも拘《かか》わらず息苦しくならないのは助かるし、いずれなにかには使いたいと思っている場所だったが、今は一階層の開けた空間の奥にある小さな穴の先にミィちゃんの爪《つめ》置き場とクゥちゃんの毛皮置き場がある程度である。

「だから僕も最初はここがダンジョンかどうかわからなかったですしね。そもそもダンジョンって大きくなるものなのですか？」

「一応ダンジョンは地球とは違う異空間にあるって言われてるんですよ。だからダンジョン自身が意思を持って勝手に大きくなっている、とも言われてますね」

「意思……ですか？」

「ダンジョンの最下層にいる魔物がその役割を担《にな》っている、とも言われてますね」

つまりはまだよくわかっていない、ということなのだろう。

「一応今は危険はないと思いますが、もしその……、勝手にミィちゃんやクゥちゃんがダンジョンを広げるようなことがあったら言ってくださいね」

「あははっ、そんなことできるはずないですよ。クゥちゃんは猫ですし、ミィちゃんはトカゲですよ？」

「それなら安心なのだ！」

やっていいの？　って期待の籠《こ》もった視線を送ってくるミィちゃん。

その口には魔力が集まり火の塊《かたまり》が形成されていた。

「くぅう。やって良いなんて言ってないのですよ⁉」

クゥちゃんの言葉も空《むな》しくミィちゃんは壁めがけて火の玉を吐き出していた。


ズドォォォォォン‼


「ぐはっ⁉」

壁に大穴が出来上がると同時に何やら声が聞こえた気がする。

でも、ミィちゃんが穴を開けたのは洞窟の壁である。

さすがに壁の中に埋まってる人はいないだろうから気のせいだろう。そう思いたかったのだが……。

空いた大穴は前とは違いまるで迷路のように入りくんだダンジョンに続いていた。

そして、その中で横たわる女性。その姿は満身創痍《まんしんそうい》でそこら中に傷があるようだ。

「……わ、私、助かったの？」

黒の伸ばした髪、動きやすいシャツとショートパンツ姿。

側《そば》には先が折れた短剣が二つ転がっており、空中には球状のドローンが浮かんでいる。

──も、もしかして、僕が配信の邪魔をしちゃったの!?

その姿はどこかで見たことがある気がしたが、他人の配信を邪魔するのはマナーの悪い行為とされているため、そっちの方が気になり、少女が誰だったか思い出すことはなかった。

「だ、大丈夫ですか!?」

慌てて少女に駆け寄る。

「えっ!?　ユキさん!?　そんな怪我《けが》をしてどうしたのですか!?」

さすがにDSUの職員だけあって、天瀬さんは誰だか知っているようだった。

とにかくすぐに治療をしないと。

──でも、僕、他人を治療することなんてできないよ。

そう思っているとクゥちゃんが少女に近づいて……。

「くぅぅ！」

一声上げると突然光り輝きだして、その光が少女に当たると傷が一瞬で癒《い》えていた。

「……傷が癒えてる!?　嘘《うそ》……」

少女が驚きの声を上げる。

僕ですらクゥちゃんにこんなことができるなんて、とびっくりしているのだから当然だろう。

少女の体に視線を向けた際に、近くに落ちていた彼女の武器と思われるものが半分に折れていることに気づく。

「ご、ごめんなさい。ダンジョンに穴を空けたら別のダンジョンに続くなんて知らなくて……。も、もしかして、その武器も？」

「これは……」

探索者の武器はそれなりに値段がする。

それこそ僕の一年分の食費を使っても足りないほどの。

「あ、あの……、武器の費用、こ、これでどうですか？」

「これってドラ……」

「い、今手元にあるのがこれしかなくて……」

手渡したのはミィちゃんの爪だった。

天瀬さんが以前欲しがっていたもので、たまたまその一つを持ってきていたのだ。

すると少女は驚きの表情を浮かべていた。

「……もらってもいいの？」

「もちろんです」

少女が受け取ったのを確認すると僕は再び頭を下げる。

「本当に配信の邪魔してしまってごめんなさい。ぼ、僕はもう行くので失礼します」

「あっ、ちょっと待――」

ペコッと一度お辞儀《じぎ》をしたあと、僕たちは逃げるように洞窟へと戻っていく。

「クゥちゃん、この穴、埋められる？」

「大丈夫なのです」

クゥちゃんが大きな光を放つと別ダンジョンへの入り口は完全に埋まってしまうのだった――。


「はぁ……、はぁ……。び、びっくりしたよ……」

穴を開けたら全く別のダンジョンへ繋《つな》がる。

ダンジョンが異空間にあるからこその出来事であった。

「私もこんなのは初めて見ましたね。これは支部長に報告しておかないと……」

天瀬さんも聞いたことさえない状況らしく、ブツブツと考え事をしている様子だった。

「い、今の、ライブを妨害してしまったことってなにかお咎《とが》めあるのですか？」

何よりもそれが一番怖かった。

しかし、天瀬さんは首を横に振る。

「さすがにあれは不慮《ふりょ》の事故ですからね。ダンジョンの壁を壊したらよそのダンジョンに繋がるなんて……。そもそもダンジョンの壁って壊せないはずじゃ……」

「えっ？　ミィちゃんが簡単に壊してましたよ？」

「それはミィちゃんさんだからですよ……。それに壊した武器についても十分すぎるほどの補《ほ》償《しょう》をされてましたから……」

「補償って……。ミィちゃんの爪《ごみ》を押しつけちゃっただけなんですけど……」

「本人が納得されてましたからね。これ以上の補償はないかと」

天瀬さんに言われて僕はホッとする。

さすがに武器の補償をしろと言われたらお金がまるで足りない。

ただでさえミィちゃんたちの食費で出費がかさんでいるのだから。

「えっと、洞窟の調査はこのくらいでよろしいですか？」

「はい、十分です。十分すぎます！　やっぱりダンジョンでしたね。色々と報告したあとにもう一度来させていただきますね。あ、あと、言いにくいのですが……」

天瀬さんは少し言いにくそうに言葉を詰まらせながら言う。

「なんでしょうか？　僕にできることでしたら」

「その……、また伸びたのを切ったときでいいので、私たちにもミィちゃんさんの爪を売ってもらいたいな……って」

どうしてそんなものを欲しがるのだろう？

疑問に思いながらも、おそらくはゴミにしかならないものなので僕は頷いていた。

「いいですよ。いくらでもありますから」

「そ、そうですよね。貴重なものですし、そうやすやすと……って良いのですか!?」

「何本欲しいのですか？　さすがにちょっと重いのでたくさんは持てないと思いますが――」

「い、一本で十分です。口座ができましたらこの分の費用を振り込んでおきますね」

「オーバーですよ。どうぞ」

爪置き場の爪を一つ、天瀬さんに渡すと彼女はそれを大事そうに抱えていた。

◇◆◇◆◇◆

（ユキ視点）

いつもどおりユキは危険度C程度のダンジョンを潜っていた。

Aランク探索者であるユキにとってはC級ダンジョンはほどよい危険である程度儲《もう》かるちょうど良いダンジョンなのだ。

配信タイトル『ユキ、ソロでC級ダンジョンに挑む！　＃ダンジョンＲＴＡ』

Aランク探索者で人気配信者であるユキはかなりの視聴者を持っている。

彼女の売りはなんといってもその容姿にあった。

整った顔立ちをしたスタイルの良い美少女。

黒色の肩くらいまで伸ばした髪をなびかせて可憐《かれん》にダンジョンを駆けていく様《さま》は一躍《いちやく》彼女を

上位配信者へと押し上げた。

人気でランクを買っていると何度も言われたが、そういった声は無視し続けていた。

ユキが行くのは確実に安全に走破できる格下ダンジョンのみ。

それ故《ゆえ》、同接をより稼《かせ》げる方法を考え、今のスタイルになっていた。

軽装による高速ダンジョン走破。それが彼女の人気を更《さら》に加速させる要因となっていたのだ。

そのためにかなり際どい衣装も多く、そこがまた賛否の分かれるところでもあった。

「みんな、今日も走り抜けるよー♪」


〝はーい〟

〝今日もかわいいよ〟

〝C級か。何時間でクリアするんだろうな〟


精一杯《せいいっぱい》の笑顔を振り撒《ま》くとコメント欄《らん》は盛り上がりを見せる。

ただ、ユキはどちらかと言えば話すのは苦手な方。探索者になった理由もお金が必要になったから、というシンプルなものだった。

昔は多少無茶なダンジョン攻略も行っていたが、配信で人気が出てくれたおかげで今では無理のない範囲でのダンジョン攻略で十分な収入を得ることができていた。

彼女は決して無茶なダンジョン攻略は行なっていない。念入りな事前の情報収集としっかりした準備を行なった上で確実にいけるという確証の下《もと》、配信を行なっていた。

今日の配信もそのはずだったのだが——。

C級ダンジョンであるはずなのにユキの前に現れたのは強大な力を持った悪魔の女だった。


〝何こいつ？〟

〝だ、誰か助けを呼べ！〟

〝ユキちゃん、危ない〟


「ふふふっ、たまたま繋《つな》がった穴にこんなに虫がいるとは思いませんでしたよ」

服装はなぜかスーツを着ており、その見た目は人間と言われても遜色《そんしょく》がない。

が、金色に輝く二本の角《つの》と鋭く尖《とが》った爪がこの女は悪魔である、という何よりの証だった。

しかし、このような魔物がいるという話は聞いたことがない。

そして、なによりもこの悪魔から発せられる威圧《いあつ》感である。

——この悪魔……強い。

ユキ自身、探索者をやり始めてそれなりに長い。

その間に数多くの魔物を倒しており、その中には悪魔族もいた。

ただ、今目の前にいるような悪魔ほどの威圧を放つ魔物には会ったことがなかった。

手には愛用している二本の短剣。

ダンジョンで発見された鉱石、ミスリル製で切れ味はよく壊れにくい。

道中の魔物たちとの戦いで多少体力は使っているもののまだまだ動くことはできる。

——それなら私にできることは、いつも通り先手必勝……。

短剣をグッと握りしめ、足に力を込める。

悪魔は油断しているのか、ゆっくりとした動きで、警戒《けいかい》してるそぶりも見えない。

——今っ！


〝とった！〟

〝速っ！〟

〝今の見えたか？〟

〝見えるわけないだろ〟


持てる最大限の力を振り絞《しぼ》り、悪魔へと斬《き》りかかる。その瞬間に自分のミスに気がついた。

その悪魔は冷めた視線をユキに送っていたのだ。

そして、本当につまらなさそうに爪でユキをその短剣ごと切り裂いていた。

その衝撃で吹き飛ばされ、ユキは壁に激突していた。

「きゃあぁぁぁぁっ!!」

ミスリル製の武器のおかげでユキの体が真っ二つに切断されることはなかったものの、肝心《かんじん》の短剣は真っ二つに折られていた。

手や足はあらぬ方向に曲がり、体の至《いた》るところに傷がある。

痛みが強すぎて逆に痛みを感じないのが助かるほどの重傷だった。


〝こ、これ、さすがにまずいだろ〟

〝公開処刑だ〟

〝早く助けを〟

〝ここからじゃどうやっても間に合わない〟

〝誰か助けられる人はいないのか!?〟


この悪魔の強さは今までに見たどんな魔物よりも遙《はる》かに上。とても太刀《たち》打《う》ちできない。

ゆっくりと近づいてくる悪魔にユキは死をも覚悟する。恐怖からギュッと目を閉じてしまう。

しかし、悪魔が襲ってくることはなかった。

唐突《とうとつ》に部屋の壁が爆発したからだ。

流石《さすが》の悪魔も予想外の方向から飛んでくる謎の爆発は避《よ》けきれずにまともに食らってしまう。

「ぐはっ⁉」

その攻撃は今までに見たどんな攻撃よりも威力があった。そもそも並大抵《なみたいてい》の力ではダンジョンを傷つけられないのは周知の事実である。

〝何が起きたんだ？〟

〝壁、壊してないか？〟

〝ダンジョンの壁って壊れるのか〟

〝俺、昔試したけどツルハシじゃ無理だったな〟

〝爆弾？　もっと直線的なものに見えたが〟

自分では勝ち目がないと思った悪魔を一撃で葬《ほうむ》り去る攻撃。

その爆発により空いた大穴から小柄な少年が現れたのだ。

何が起きたのかわからないユキは呆《ほう》けたようにそちらを見ていた。

ただ、一つわかること。それは――。

「……わ、私、助かったの？」

少年の様子に気が抜け、苦笑を浮かべる。

その瞬間に麻痺《まひ》していた痛みが戻ってきて顔を歪《ゆが》ませる。

思わずその場に倒れ込むと少年は何を思ったのか、側にいた少女をこちらに寄越《よこ》してくる。

その子が突然光り輝くと、小さな傷はもちろん、折れている手足すら元通りに戻っていた。

安心した少年はホッとため息を吐いていた。

それをユキは信じられないものを見るような目で眺《なが》めていた。


〝何が起きたんだ？〟

〝一瞬で治った？〟

〝あれって八代たんじゃないか！〟

〝誰？　その子〟

〝知らないのか？　カーバンクルとドラゴンを連れてるやばいやつだよ〟

〝骨折も一瞬なんて医者も真っ青じゃないか？〟


「……傷が癒えてる!?　嘘……」

「ご、ごめんなさい。ダンジョンに穴を空けたら別のダンジョンに続くなんて知らなくて……。も、もしかして、その武器も？」

何度も謝ってくる少年。

ユキの側に落ちている武器を見て顔を青くしていた。

「これは……」

これは悪魔が壊したものであの爆発は関係がなかった。

しかし、少年は慌てた様子で何か長細いものをユキに渡してくる。

はっきりとしたことはわからないものの、これが自分の思っているものだとしたらとんでもないものだった。

「あ、あの……、武器の費用、こ、これでどうですか？」

「これってドラ……」

「い、今手元にあるのがこれしかなくて……」

「……もらってもいいの？」

「もちろんです」

当たり前のように言ってくる。

ここまで言ってもらって受け取らないのも逆に失礼だろう。

ぎゅっと抱きしめるようにその細長いものを受け取る。

「本当に配信の邪魔してしまってごめんなさい。ぼ、僕はもう行くので失礼します」

「あっ、ちょっと待——」

お礼を言いたかったのだが、少年はすぐに元来た道へと戻って行ってしまった。

更にその通路もなぜかすぐに埋まってしまい、結局ユキは一人その場に残され、しばらく放心したままその場から動けなかった。

まるで先ほどの出来事が夢であったかのように——。


〝八代たんはどこからやってきたんだ？〟

〝ちょっと八代たんの配信見てくる〟

〝ユキちゃん、無事で良かった〟

〝あんなイレギュラーが出てくるならおちおちダンジョンなんて潜れねーよ〟

〝ＤＳＵから何らかの発表があるんじゃないか？〟


少年のとんでもない活躍のおかげで視聴者は徐々《じょじょ》に増えていき、いつの間にかユキの配信はトレンド一位を取っていた。

そして、その結果は柚月の動画にも影響を及ぼすことになるのだが、それは次の配信時の話である——。

「八代くんっていうんだ……。また会えるかな？　コラボしようって誘ってみようかな？」

ユキの頬が僅《わず》かばかり朱色《しゅいろ》に染まっていたのはダンジョンの中だからか、視聴者に気づかれることはなかったのだった。

◇◆◇◆◇◆

（柚月視点）


別ダンジョンに乱入してしまった次の日。

学校に行くと僕はすぐに瀬戸くんたちに囲まれていた。

「おいっ、柚月。どういうことだ!?」

「……えっと、なんのこと？」

瀬戸くんの何を指しているのかわからない言葉に僕は困惑《こんわく》の表情を浮かべる。

「このことだよ!!」

瀬戸くんが自分のスマホを僕に見せてくる。

そこに映し出されていたのは昨日怪我をさせてしまったあの少女だった。

「Aランク探索者で上位配信者のユキさんの配信になんでお前が映ってるんだよ!?」

「えっと、あははっ……」

もはや笑って誤魔化《ごまか》すしかなかった。

どこかで見たことあると思っていたけど、どうやらダンジョン配信で見た人だったようだ。

そもそも僕の洞窟から別のダンジョンに繋がってしまったってことらしいし、そこに潜っていた人ならダンジョン配信者でもおかしくない。

そんな人を怪我させてしまったことに僕は苦笑しか浮かべられなかった。

「くぅぅ……、ユキさんと会えるってわかっていたら俺もお前の家に遊びに行ったのによ」

どうやら単純に瀬戸くんはユキさんのファンらしい。

「本当に話題に事欠かないよね、柚月くんは」

「……ギルティ？」

「いやいや、僕悪いことはなにも……」

してないとも言いがたかった。

そのことが椎さんにも伝わり、彼女は怪訝《けげん》な表情を見せてきた。

「なんでそんなことになったのか、詳《くわ》しく教えてくれないかしら？」

「……配信もなかった」

「えっと、そうだね。うん、わかったよ」

昨日DSUの職員さんが来て、ダンジョンの壁が壊れたらよそのダンジョンに繋がってしまった話をする。

「まぁ、ミィちゃんとか三島ならそのくらいできるよな」

「なに？　試してみたいのかしら？」

「……知ってた」

「えっ⁉」

「それで今日の配信はどうするつもりなんだ？」

「……えっと、休み――」

「そんなことをしたらお前の家に人が押し寄せると思うぞ？　昨日のことが知りたい奴は多いからな」

「ぅぅぅ……、わかったよ。一応昨日の説明も兼《か》ねて配信はするよ……」

「せっかく人気が出てきてるのにやらないのはもったいないからな」


みんなに勧《すす》められたので、僕は仕方なく配信の準備をしていた。

今日の内容はもちろん昨日の出来事についてと、あとはティナのことかな？

配信内容を考えながら準備を整えていく。

さすがに慣れてきて準備自体はすぐに終わる。

ただ、実際に配信することはいつになっても慣れなかった。

「今日はティナがメインだから僕は出なくてもいいよね？」

「お兄ちゃんも一緒なのら！」

ティナがぎゅっと僕の耳を掴《つか》んで離さない。

痛みはないものの僕も配信に出るしかないようだった。

【配信ダンジョン育成中～新しい仲間が増えました～】

「えとえと、こんばんは。柚月八代《ゆづきやしろ》です。今日はダンジョンに新しい仲間が増えたので紹介したいと思います。では、どうぞ！」

〝始まった〟
〝今日は多くないか？〟
〝ユキちゃんの配信に映ってたからか？〟
〝さっきユキちゃんの配信見てたんだけど、あれって八代たんだったたんだ〟
〝ユキちゃんを助けてくれてありがとう〟
〝はじめまして〟

どれだけの人が僕の配信を見てくれているのかわからず、曖昧《あいまい》な挨拶《あいさつ》になってしまう。
数人でも続けて見てくれている人がいることを信じて……。

「私はミィちゃんなのだ！　気軽にミィちゃん様と呼んでくれたら良いのだ！」

なぜか堂々と胸を張って現れるミィちゃん。


〝出た。人化ドラゴンｗ〟

〝新しい仲間ってこの子なの？〟

〝主役の出番を奪う龍〟

〝ユキちゃんから来ました〟

〝この子がドラゴン？〟


「ミィちゃんは新しくない仲間だから隅《すみ》に置いておくね」

「私は隅より真ん中が良いのだ！」

「じゃあこの広場の真ん中に置いておくね」

「それならいいのだ！」

ミィちゃんが真ん中へ向かっていく。

「それじゃあ今度こそ出てきてね」

「クゥはクゥなのです。えっと、クゥちゃんって呼んでほしいのです」

今度はクゥちゃんが現れる。

でも、顔を真っ赤にして無理に出てこなくても。

「えとえと、ここで出たら隅にいて良いって……」

「じゃあ、クゥちゃんもミィちゃんの隣の目立つところに置いておきましょう」

「くぅう!?」


〝策士策《さくし》に溺《おぼ》れるw〟

〝主役は遅れてやってくる〟

〝二人とも可愛《かわい》いな〟

〝騙《だま》されるな。二人とも最強クラスの魔物だ〟


二人とも部屋の中央でポツンと座っている。

そして、満を持《じ》して主役が僕の胸ポケットから登場する。

「て、ティナはティナなのら。そ、その……、木の小精霊なのら……」

ちょっと顔を覗《のぞ》かせるとすぐに隠れてしまった。


〝ドライアドか!?〟

〝またかわいい子を〟

〝気をつけろ！　ほのぼのしてるが、ドライアドも危険だぞ〟

〝精霊は温厚だけど、怒らせたら容赦《ようしゃ》ないからな〟

「まぁ、恥《は》ずかしがり屋だから騒ぎにしないであげてほしいな」

「私の話題をすると良いのだ！」

「ミィちゃんの話だけでいいよ」

こういうときにミィちゃんの存在はありがたい。

クゥちゃんもティナも安心した様子を見せている。

〝お前ら、ミィちゃん様が話題にしてほしがってるぞ！〟

〝爪《つめ》ください！〟

〝どこに行けば会えますか？〟

〝スーパーに生息してるらしいぞｗ〟

〝ちょっとスーパーに行ってくる〟

〝本当にあのレッドドラゴンなの？　そんなに怖そうに見えないけど〟

〝見た目は可愛いけど、威力《いりょく》は本物だぞ〟

〝ユキちゃんの配信で見たけど、あれはやばかった。防げる自信がない〟

「それにしてもいざ紹介するって言われてると困っちゃうよね」

「何話すと良いのら？」

「私のすごいところを話すと良いのだ！」

「ミィちゃんのすごいところ？」

「でっかいのら！」

ティナが体全身でその大きさを表現する。


〝かわいいｗ〟

〝大きく、は見えないなｗ〟

〝人化を解いたら大きそうだよな〟

〝まだ子供だからじゃないか？〟

〝人化した魔物はロリ化するのか？〟


「僕からみんな見たら小さいけどね」

「ちっちゃくないのだ！」

「く、クゥも小さくないのですよ？」

「でも、新しい仲間としてティナを紹介するのになんでミィちゃんのすごいところを話すの？　普通ならティナからじゃない？」

「はっ!?　そ、そうだったのだ！」

「て、ティナは別にどこもすごくないのら」

「すごいのだ！　なんとティナは水だけで生きられるのだ！」

「すごいのですよ。お魚もお肉もいらないのです」

ミィちゃんやクゥちゃんがまるで自分のことのように自信たっぷりに言う。


〝植物だしなw〟

〝食費かからないなんて最高じゃないか！〟

〝俺でも育てられるかな？〟

〝そもそも精霊に好かれる人が稀《まれ》だろ〟

〝さっき明けの雫《しずく》のハルトがカタッターに書いてたな〟

〝トップDチューバーじゃないか!?〟

〝流石《さすが》にユキちゃんはいないな〟

〝ユキ：本当に昨日は助かったよ～〟

〝本人登場w〟

〝八代たんはカタッターはしてないんだな〟

「ち、ちゃんと、お日様の光もいただいてるのら！　とっても美味《おい》しいのら！」

「肉を食べないから大きくならないのだ！」

「お、お魚でも大きくなれるのですよ？」

「お、お肉やお魚を食べると大きくなれるのら？」

「私の体を見るといいのだ！」

「えっと、食べないとダメなのら？」

「無理しなくていいからね。ほらっ、『とっっっても美味しいお水』を飲むといいよ」

「そうなのら。せっかくお兄ちゃんに買ってもらったから頂くのら」

ペットボトルのキャップを開け、それをゆっくり口へ近づけていったかと思うと、そのまま口から飲む……ことなく頭へと持っていく。

葉っぱのところへ水を流すとティナの全身が水びたしになる。

「……」

「どうだった？」

「あんまり美味しくないのら……」

「あれっ？　そうなんだ」

「水道水の方が美味しいのら」

「それなら代わりに肉を食べるのだ！」

〝とっってても美味しいお水が水道水に負けた!?〟

〝ミネラルウォーターだもんな。ミネラルってあまり植物には良くないみたいだし〟

〝人っぽく見えてもやっぱり植物なんだね〟

〝ティナちゃん、可哀想《かわいそう》〟

〝水道水ならいくらでも奢《おご》ってあげるよ〟

〝肉推《お》しのミィちゃん様ｗ〟

〝むしろドラゴン肉食ってみたい〟

〝お前が食われるぞｗ〟

　結局ペットボトルの水は僕がもらうこととなった。

「お披露目《ひろめ》することってこのくらいかな？」

「あとは魔法をちょっと使えるだけなのら」

「魔法!?」

「そうなのら。ティナは木を司《つかさど》るから自然に関する魔法なら使えるのら」

ティナが実際に地面に触れるとそこには草花が生《お》い茂っていた。


〝一瞬で緑化なんて争奪戦起こらないか？〟

〝欲しがる人は多そう〟

〝ある意味ミィちゃんよりやばいぞ〟

〝様を忘れてるぞｗ〟


「ふわぁぁぁ……。魔法を使ったら眠くなってしまったのら」

「そっか……。もう夜だもんね。それじゃあそろそろ配信を終わろっか」

「はい……なのら」

「ちょ、ちょっと待つのだ！　ま、まだこれから私の大魔法をお披露目するところなのだ！」

「ミィちゃんの魔法は壁を壊すからダメ」

「も、もう壊さないのだ。それに壊してもクゥちゃんが……」

「今日は直さないのですよ!?」

「仕方ないね。壊さない程度の魔法ならいいよ」

ミィちゃんがしょんぼりしていたので最後にダンジョンの壁を大破しない程度の魔法を一度

使うことだけは許可してあげる。

「ありがとうなのだ！」

ドゴォォォォォォン!!

ミィちゃんはダンジョンの奥の方を目がけて魔法を放つのだった——。

〝〆《しめ》はやっぱり爆発かｗｗｗ〟

〝相変わらずほのぼのしてるのにやばい情報しかないな〟

〝結局同接は２万超えか〟

〝人気配信者でもなかなか出ない数字じゃないか!?〟

ユキのトレンド入りの効果も相《あい》まって、視聴者数はとんでもない数字になっていたのだが、そのことに僕は一切気づかず、庭にティナを植えて寝かせた後、三人で早めに寝るのだった。

111：ドライアドって確かSランクの魔物だよな？
112：ミィちゃんたちと比べると見劣りするよな
113：十分災害級だけどな
114：可愛《かわい》ければOKだ
115：それにしても人が増えたな
116：もう数日もあれば十万人超えそうだしな
117：あんな恐ろしい魔物に囲まれてよく普通に過ごせるよな
118：見た目は可愛い幼女だしな
119：ミィちゃんは肉があれば言うことを聞いてくれそう
120：案外クゥちゃんたちのバランス良いよな。攻撃と防御《ぼうぎょ》と妨害で
121：ユキちゃんとのコラボも期待できるのか？
122：いずれしてくれそうだよな

123：そういえばこの前、八代たんがサイン会してたぞ
124：どこでやってたんだ!?
125：DSUの支部だな
126：クゥちゃんたちもいたのか？
127：いや、あのときは八代たんだけだな
128：それなら探索者登録もしてそうだな
129：最強の探索者誕生か？
130：下手に低ランクにしてミィちゃんけしかけられても困るしな
131：ミネラルウォーターでも植物、育たないか？
132：単なる好みだろ
133：ティナちゃんの嫌がることはしたくないな
134：むしろ水道水が好物なのだからそれでいいだろ
135：そういえばなんであのダンジョンは他の魔物が生まれないんだ？
136：最強種しか生まないダンジョンなんだろう？
137：それだとこれからも恐ろしい魔物しか生まれないことになるぞ？
138：どうせ幼女になるよ
139：それもそうだな

第五話　悪魔のルシア

「んーっ、よく寝たー！」

ベッドから出ると大きく伸びをする。

「むにゃむにゃ、もう肉は食べられないのだぁ……」

ミィちゃんは涎《よだれ》を垂《た》らしながら眠っていた。

きっとたくさんのお肉を食べている夢でも見てるのだろう。

「八代《やしろ》くん、クゥも強くなったのですよぉ……」

クゥはクゥで幸せそうな笑みを浮かべている。

二人とも徹夜はまだまだ厳しかったようで、起きる気配がまるでない。

起こすのも悪いと思って、僕は一人そっと部屋を出る。

すると、庭先から声が聞こえてくる。

「お兄ちゃん、もう起きたのら？」

「うん、ティナも早起きなんだね」

「ティナはお日様と一緒に目が覚めるのら」

じょうろに水道水を入れてティナの頭にかけてあげる。

「とっても美味《おい》しいのら。ありがとうなのら」

「それはよかったよ」

しばらくティナの反応を見ていたら寝ぼけ眼《まなこ》の二人が起きてくる。

「……おはようなのだ」

「おはよぉございますでふぅ」

「おはよう。無理に起きてこなくてもよかったんだよ？」

「……見送りしたらまた寝るのだ」

「クゥももう一度寝るのですよぉ」

「そっか、わざわざありがとう。じゃあ行ってくるね」

「肉《おみやげ》をよろしくなのだ」

「あはは、安いのがあったらね」

相変わらずな様子のみんなに見送られながら僕は学校へ行く。


僕が教室へ入ると騒ぎが静まる。

――どうしたのだろう？

その様子を不思議に思いながら自分の席に座ると瀬戸《せと》くんが近づいてくる。

「おいっ」

「あっ、瀬戸くん、おはよう」

「あぁ、おはよう」

「なんか今日は様子が変だけどどうしたの？」

「ふふふっ、教えてあげようか？」

三島《みしま》さんもやってきて、意味深に微笑《ほほえ》みかけてくる。

するとその隣から椎《しい》さんが現れる。

「十万人おめでと」

「ちょっ!? それ私が言おうとしてたやつ!!」

「あははっ、お前がいよいよ大台に乗ったからザワついていたんだよ」

「みんなの協力のおかげだよ。それに日曜日からはみんなも協力してくれるんだよね？」

「むしろ俺たちが一緒にやらせてもらってもいいのか、不安に思うほどだぞ？」

「あははっ、大丈夫だよ。みんな良い子だから」

「そうだよね。でも、柚月《ゆづき》のダンジョンって他の魔物はどうなっているの？ 普通はたくさんいるものでしょ？」

「……へっ？」

「……不思議」

「そうだな。もっとたくさんの魔物が襲《おそ》ってくるイメージがあるよな」

言われてみると確かになぜか僕のダンジョンはほとんど魔物がいない。

クゥちゃんとミィちゃん、あとはティナの三人だけだ。

もしかして魔物が育つには他の何かが必要だったりするのだろうか？

攻略したりするわけではないので、無理に増やそうとは思わないけど、なぜ増えないのか、という部分はちょっと気になった。

「でも、そういうのって私たち人間よりも魔物たちの方が詳《くわ》しいんじゃないの？」

「あっ、そうか。それならクゥちゃんに聞けば何かわかるかもしれないね」

そもそも魔物を増やしても仕方ないところはあるのだけど、勝手に増えられても困るので帰ったら確認しようと思うのだった。

「そういえば柚月はカタッターはしないのか？」

「なにそれ？　今初めて聞いたよ」

「はぁ……、そういう奴《やつ》だったな。カタッターはこういうやつだな」

そう言うと瀬戸くんが見せてきたのは自分のカタッター画面だった。

そこには美味しそうな食事の写真と『今日の夕食』と書かれたコメントが添えられていた。

「くすくす……、あんた、その名前」

三島さんが笑うのを堪《こら》えている。

——何がおかしいのだろう?

名前には『社長じゃない方の瀬戸』と書かれている。

瀬戸くんはまだ学生だからもちろん社長じゃないし、誰か別の社長がいるのかな?

「昔よくこれでからかわれたんだよ……」

「そんなトラウマを引っ張ってくるような名前にしなくても……」

「知り合いが見つけやすいからな」

「そっか。これだと簡単に繋《つな》がれるんだね」

「それだけじゃないぞ。不特定多数が見れるから配信の開始告知にはうってつけだぞ」

「……柚月もやるの?」

「うん。みんながしてるなら僕もしようかな?」

僕は説明を受けながらなんとかカタッターに登録を済ませる。

すると椎さんがさっと僕のスマホを取り上げて、勝手に誰かをフォローする。

「……んっ」

「これって椎さん?」

「……一番」

どこか嬉《うれ》しそうな表情を浮かべる椎さん。

「あっ、ずるい。私は二番っと」

「ちょっと待て！　俺は？」

「ブロックしとくね」

「おいっ!!」

「あははっ、ちゃんと登録するよ。知り合いに今何してるのか話すようなところなんでしょ？」

「知り合いだけじゃなくて不特定多数だから語る内容は注意してね」

「あっ、そういうものなんだ」

全員登録終えるとようやく僕のところにスマホが戻ってくる。

そして、記念すべき一回目の『語り』を考える。

でも、みんなに見られる内容を……となると悩んでしまう。

「無難な話題はやっぱり食事だな。何を食べたか書くのがわかりやすいぞ」

瀬戸くんのアドバイスを受けて、僕も同じように初語りは食事についてすることにした。

枚数はあまり多くはないもののちょうど良さそうなものが一枚。

美味しそうに食事をするクゥちゃんとミィちゃんの写真に『初めまして。柚月八代です。初語り緊張するよ…。普段の食事風景を撮ってみました』という言葉を添えてみる。

初めての挨拶《あいさつ》ならこれで十分かな？

「これでよしっと」

語りの内容を見直し僕は満足して授業開始前にしっかりスマホの電源を消してカバンに仕舞ったのだった。


家に帰るとミィちゃんが待っていたと言わんばかりに抱きついてくる。

「八代、肉なのだ！」

「ちょっと待ってね。今用意するから」

ミィちゃんに言われるがまま生肉《なま》のパックを取り出す。

「クゥちゃんにはお魚を用意するね」

「くぅぅ!!　八代くん、最高なのですよ」

クゥちゃんが嬉しそうに抱きついてくる。

そんな二人を見て、昼間のカタッターのことを思い出す。

――そういえば配信前に告知をするんだよね？　どうやってするのだろう？

そんなことを思いながらスマホに電源を入れると、その途端《とたん》、通知音が鳴り続ける。

「な、何が起きたの!?」

突然の出来事にビクッとしてスマホを宙に投げてしまう。

それをキャッチするミィちゃん。

「な、なんかずっと震えてるのだ」

「困ったね。これで配信するつもりなんだけど」

ただ、この通知音連打もしばらく時間が経《た》つと鳴り止《や》んでいた。

――そのうち専用のカメラとか用意しないといけないのかな？

今回みたいにスマホがおかしくなったときのことを考えると必要になりそうに思えた。

「八代くん、直ったのですよ」

クゥちゃんがスマホを僕に渡してくる。

「なんかカタッターの通知がとんでもないことになってたらしいのだ！」

「カタッターが？　カタッターってウイルスじゃないよね？　あんな壊れたみたいに通知音が鳴るなんて……」

詳しいことはわからないのでカタッターのことは明日、みんなに聞いてみよう。

「とにかくこれで今日も配信できるね」

「お兄ちゃん、ティナも一緒に行くのら」

「あんまり無理したらダメだよ？」

「大丈夫なのら。なんだか気になることがあるから一緒に行きたいのら」

「そこまで言うならみんなで一緒に行こうか」

僕は荷物一式整えるとダンジョンへと向かっていく。

【配信ダンジョン育成中 ～ダンジョンの日常～】

「み、みなさん、は、初めまして？　じゃない人も多いのかな？　柚月八代《ゆづきやしろ》です。今日はみんなが普段どんな風にダンジョンで過ごしているかを映したいと思います」

「映すのだー！」

「映すのですよー！」

「なのらー……」


〝待ってたよー〟

〝やっとライブで見られた〟

〝同接、今日も多いな〟


みんなを映したあと、改めて僕が中心に立つ。

「えっと、とは言っても普段、みんなはダンジョンにいないからこのダンジョンは空《から》なんだよね。特に魔物が増えているわけでもないし」

「八代くんが増やそうとしてないのです」

「えっ？　僕が増やすものなの？」

どこかペットショップでも行って買ってくるものなのかな？

でも、魔物を売ってるペットショップなんて聞いたこともないのだけど……。

「試してみるですか？　えっと、ちょっと待ってほしいのです」

そう言うとクゥちゃんは俺の腰あたりに抱きついてくる。

「八代くんだけじゃ魔素《まそ》を上手《うま》く扱えないのです。どんな魔物が増やしたいか考えてほしいのです」

クゥちゃんの言葉に僕はすぐさまイメージが湧《わ》かずにクゥちゃんやミィちゃん、ティナの姿を想像してしまうのだった。

すると……。

「わわっ!?　なんかモヤが出てきたよ？」

「うん、これで新しい魔物が生まれるのです。今まで何も生み出さなかった分、ものすごい魔素量になっていたからたくさん生まれるかもしれないのです」

「えっ？　そ、そんなにたくさんはいらな……」

僕の言葉も空《むな》しくモヤからはたくさんのトカゲくんとリス猫くん、更《さら》には葉っぱが生まれていた。

「えっと、これってピンチ？」

魔物たちに囲まれた僕は冷や汗《あせ》を流す。

すると、ミィちゃんが腕を組み、現れた魔物たちの前に立つ。

「お前たち、よく聞くのだ！　私はミィちゃん様なのだ！　これからお前たちは私の配下として八代にしっかり尽くすのだ！」

ちょっ!?　いきなりそんなことを言ったら逆効果になるんじゃないか!?

慌《あわ》てふためく僕の前になぜかトカゲくんやリス猫くんはなぜかビシッと並んでいた。


〝まさかの訓練済みｗ〟

〝全員ドラゴンとカーバンクルじゃないか!?〟

〝これだけの数が襲《おそ》いかかってくるダンジョン……〟

〝いつも通りｗ〟

〝レッドドラゴンを従えてるくらいだもんな。これくらい普通か〟

「いやいや、別に僕の配下ってわけじゃないからね!?　尽くさなくて良いからね!?　みんな好きに暮らしてよ」

そんな僕の指示を不思議に思ったトカゲくんたちが今度は積み重なっていく。

気がつくと、際どいバランスでふらつきながらも崩《くず》れることなく一本の高いタワーになっていた。

そして、その頂上にいつの間にかミィちゃんが登っていた。

「とっても高いのだ！」


〝まさかダンジョンで芸を仕込んでるのか？〟

〝危な……くはないか。飛べるもんなw〟

〝これもいつも通り？〟

〝何してるんだ？〟

〝俺の知ってるダンジョンじゃない〟

〝安心しろ。俺も知らないw〟


「あ、危ないよ、ミィちゃん。降りてきて」

「わかったのだ！」

ミィちゃんがタワーから飛び降りる。

それをなんとかキャッチしようと僕は下であたふたとしていた。

なんとか衝撃に備えようとしていたのだが、ミィちゃんは僕にぶつかる寸前に羽だけ出して、数回はためかせたあと、僕の胸に飛びついてくる。

「こらっ、危ないことをしたらダメでしょ！」

「そうなのですよ。とっても危なかったのです」

僕とクゥちゃんの二人がミィちゃんを叱《しか》る。

すると彼女はしょんぼりと肩を落としていた。


〝これを見るとミィちゃん様はドラゴンなんだなと思い出すな〟

〝落ち込んじゃったw〟

〝かわいいw〟

〝これも日常なのか？〟


「ごめんなのだ」

「次したら晩ご飯、お肉抜きだからね」

「そんなことをされたら私は死んでしまうのだ」

「それなら危険なことをしたらダメだね」

「善処するのだ」

〝肉に釣られるドラゴン〟

〝肉でいいならいくらでも食べさせてあげるからうちおいで〟

〝お前が肉にされるやつだな〟

〝今来たけど、なんで怒られてるんだ？〟

〝ドラゴンタワー崩壊《ほうかい》〟

〝うん、わからんw〟


次はタワーを作っていたトカゲくんたちの方に向かう。

トカゲくんたちは肩を震わせていた。

「みんなもわかってるよね？」

笑顔で聞くとトカゲくんたちは何度も頭を上下に振っていた。

「わかってくれて嬉《うれ》しいよ。わかってくれないならみんなのご飯、抜きにしないといけないところだったからね」

カバンの中からパック肉を取り出す。

一応これはミィちゃんのご飯だったのだが、これだけトカゲくんが増えたら仕方ない。

彼らもおそらくはミィちゃんと同じご飯を食べるだろうし、餌《えさ》で釣るのが一番手っ取り早かった。

〝ドラゴンは肉で脅《おど》すｗ〟

〝これは日常っぽいなｗ〟

〝八代たんの目がマジだ〟


「もちろん、リス猫くんたちも同じだよ？　悪いことをしたらお魚じゃなくて、ピーマンをご飯にするからね？」

リス猫くんたちも青ざめて何度も頷《うなず》いていた。

なぜかクゥちゃんも同じように頷いており「クゥは良い子にしてるの。だからお魚食べたいのです」と涙目で見てきていた。

さすがにいつも協力してくれているクゥちゃんにはきついことを言った気になる。

でも生まれたばかりのリス猫くんたちを躾《しつ》ける上でこれは避けては通れないことだった。

「どう？　反省してくれた？」

するとトカゲくんやリス猫くんたちはそれぞれ反省のポーズをとる。

――ってそんなポーズ、どこで覚えたの!?　し、しかも配信中……。これ、絶対に僕が仕込んだって思われるよね？

〝まさかここまで仕込んでるとはｗ〟

〝猿《さる》でも反省できるじゃなくて、ドラゴンでも反省できる、だな〟

〝カーバンクルってこれだけ躾けられるものなのか？〟

〝八代たんだからだろ？〟

〝ちょっと捕まえてくる〟


「ち、違うよ⁉　僕が教えたんじゃないからね⁉　ねっ、みんな？」

トカゲくんたちに確認する。

すると、トカゲくんたちはニヤリと微笑《ほほえ》んでいた。

「わ、わかった。わかったから。ちゃんと晩ご飯のお肉をあげるから違うって言ってよ！」


〝八代たんの負けｗ〟

〝ドラゴンのほうが何枚も上手《うわて》だった〟

〝これ、本当にダンジョンなのか？〟

〝ここ限定だ。探索者たちはドラゴンを見てもパック肉をあげようとするなよ〟

〝そんなことしてる間に食われちまうよ〟

結局、トカゲくんたちにパック肉を奪われただけで最後まで否定してもらうことはできなかった。

「なんだか日常じゃなくなってる気がするけど？」

不思議に思いながらも、モヤの中から現れたはずの葉っぱがティナと共にいなくなっていることに気づく。

「あれっ？　ティナは？」

「奥の方に向かって行ったのですよ？」

「そっか、それなら僕たちも行ってみようか」

そのまま二階層へと向かって行くとそこには葉っぱたちが植わっており、その様子をティナが満足げに見ていた。

「ティナ、これってもしかして……」

「みんな精霊の子なのら。仲間なのら。だから植えてあげたのら」

ティナがすごく嬉しそうにしている。

〝これが精霊。初めて見た……〟

〝ティナちゃんを見てるだろ?〟

〝本当に葉っぱなんだな〟

〝これが全部ティナちゃんに……、ゴクリ〟


「それならみんな外へ連れて行ったほうがいいのかな?」

「もうちょっと様子を見たほうがいいのら。表はとってもとっても怖いところなのら」

「ティナがそういうならそうしようか」

「お水だけは毎日あげてほしいのら」

「わかったよ。それはみんなで交代してやろうね」


〝水やりは必須《ひっす》なんだなw〟

〝流石《さすが》にここで突然出てきてタワー作ったりはしないかw〟

〝ほのぼのしてるな〟

〝ミィちゃん様が本当に水やりをできるのか?〟


しっかり日常らしいことができて最後には満足することができた。

ただ、その瞬間にミィちゃんが僕の前に立って横穴の先に鋭い視線を向けていた。

「誰なのだ⁉」

「もう忘れられてしまったのですか？　あれだけ強力な魔法を使ってくれたのに」

ゆっくりとした動きで僕たちの前に姿を現したのは金色の角《つの》を二本持ち、スーツ姿をした悪魔の幼女だった。


〝おい、やばくないか。こいつってユキちゃんのところに現れた悪魔だろ？〟

〝なんか小さくなってないか？〟

〝誰でも幼女化するダンジョンだからな〟

〝誰か助けに行かないと〟

〝でも、前にユキちゃんを助けたのって八代たんたちじゃないか？〟

〝なんとかなるのか？〟

〝ミィちゃんたちで勝てないなら俺たちじゃもっと無理だろ〟


「お前なんて知らないのだ！」

「ふふふっ、面白《おもしろ》い冗談を言ってくれますね。そちらのお嬢さんはもちろん私のことを知ってますよね？」

お嬢さん？

後ろを見てももちろん誰もいないのでティナのことかと思い、彼女に視線を落とす。

「ティナも知らないのら……」

「精霊ではないです。そちらのお嬢さんです」

「えっ、僕!?」

「はい、そうです」

「僕はお嬢さんじゃないんだけど？　男だし」

「だ、男性!?　う、嘘《うそ》でございますよね？」


〝うんうん、よくわかる〟

〝俺も最初は女の子だと思ったよ〟

〝ワンピースとか似合いそうだよな〟

〝やばい状況なのになんでほのぼのしてるんだ？〟

〝相手のほうがかわいそうな戦力だからだろ？〟


「あと、あなたはどなたですか？　初めて会いますよね？」

悪魔の幼女はガックリと肩を落とす。

「八代、あいつ倒していいか？」

「もう少しだけ待ってあげて。ちょっとかわいそうに見えてきたから」

僕たちは悪魔の幼女が復帰するのを待つのだった。

〝八代たん、優しい〟

〝相手に同情してしまうな〟

〝復帰した瞬間にワンパンされる未来が見える〟

〝ヤバいな。誰か助けに行ってやれ。悪魔の〟

しばらくすると、ようやく悪魔は本調子を取り戻し顔を上げる。

「まさかここまでコケにされたのは初めてですよ。私を大悪魔《グレーターデーモン》と知ってのことですか？」

「だからさっきから何度も言ってるのだ。お前のことなんて知らないのだ！　あっ、わかったのだ。お前、あんまり頭が強くないのだ！」


〝大悪魔ってやばくないか？〟

〝あぁ、ミィちゃん様の方がはるかに強いな〟

〝大体Aランクくらいだったか？〟

〝かわいく見えるけどティナちゃんもSランクの強さだぞ？〟

〝辛《から》うじてさっきまで曲芸をしてたトカゲくん一匹くらいなら勝てるのか?〟

〝あのトカゲくんもSランクの力があるからな〟

〝何その魔境w〟

〝この中だと確かにあの悪魔が最弱だw〟


悪魔が眉間《みけん》のしわをピクピクさせている。

しかし、ミィちゃんは全く気にする様子はない。

「ミィちゃん、さすがに前口上《まえこうじょう》くらい聞いてあげようよ」

「わかったのだ! 八代に言われたから仕方なく聞いてやるのだ! さっさと話すのだ!」

更に悪魔の怒りが加速する。

しかし、一度大きく息を吸って気持ちを落ち着けていた。

「わかりました。何も知らないあなた方のために自己紹介させていただきましょう。私は大悪魔ルシア。以後お見知りおきを」

悪魔って聞くとなんだか強そうに思えるけど、さっきから振り回されっぱなしだし、ミィちゃんも簡単に倒せる口ぶりだったので、実際はそこまでの強さじゃないのかもしれない。

下級悪魔《インプ》ってやつなのかな?

「もうあいつのことがわかったから倒して良いか?」

「うーん、本当に悪い人かわからなくなってきたんだよね。なんだか弱そうな悪魔だし……」

「でも悪魔は恐ろしいのですよ。無理矢理契約させて取り立ててくる借金取りなのです」

〝大悪魔を借金取り扱いwww〟

〝大悪魔が弱いんじゃなくて、八代たんたちが強すぎるだけだw〟

〝なんだろう。ユキちゃんを痛めつけたときは許せなかったのに今はあの悪魔がかわいそうに見える〟

〝たった一人で猛獣の檻《おり》に入れられてるようなものだもんな〟

どこかで聞いたことのある詐欺《さぎ》みたいだった。

確かにスーツを着てるし、サングラスでもかけさせたらそれっぽいかもしれない。

あとは背丈《せたけ》か。幼女っぽいのはこのダンジョンに現れる魔物特有の形態なのだろうか？

「大丈夫だよ。まだ借金しないといけないほどお金には困ってないからね」

「本当なのです？」

「うん」

「よかったのです！」

〝意外と八代たん、お金に困ってるのかな？〟

〝凶暴な魔物をたくさん飼ってるわけだしな〟

〝肉代がすごそう〟

〝半額肉の争奪戦に参加してるぞ〟


ティナが安心したように僕の顔に抱きついてくる。

そのせいで僕は前が見えなくなる。

「えっと、そういうことですから借金取りさんには用はないですね」

「だ、誰が借金取りですか!?　わ、私は由緒《ゆいしょ》正しい悪魔の……」

「何度も言わなくてもわかるのだ！　借金取りの悪魔のルシアなのだ！」

「と、鳥頭ですか、あなたは。いえ、ドラゴンですからある意味鳥ともいえますが……。と、とにかく私は借金取りではありません!!　そこをはっきりさせていただきます!!」

「きっとヤクザさんなのです。銃を撃ってきそうだから怖いのですよ」


〝意外とクゥちゃんがこの世界のことを知ってるね〟

〝わざと煽《あお》ってるようにも聞こえるなｗ〟

〝ドラゴン頭ｗｗｗ　今度から使ってみようｗ〟

〝銃よりもミィちゃん様の方が怖いんだけど〟

クゥちゃんが怖がって僕の後ろに隠れてくる。

――どこでそんなものを覚えたのだろう？

僕は少しだけ不思議に思う。

でも、おそらく僕が学校に行ってるときにテレビでも見たのだろう。

「大丈夫だよ、クゥちゃん。あの人、銃は持ってないから」

「ほ、本当なのです？」

「うん、それにもしそんなものを持ってる相手ならミィちゃんが吹き飛ばしてくれるよ」

「なんだ、もう吹き飛ばして良いのか？」

「持ってない。持ってないですよ！」

ルシアが必死に両手をヒラヒラとさせていた。

もうなりふり構っていられない様子に見えた。

〝悪魔の方が必死な件ｗ〟

〝ミィちゃんが準備運動を始めましたｗ〟

〝今来た。何が起こってるんだ？〟

〝ユキちゃんぶっ飛ばした悪魔が必死に命乞《いのちご》い中〞

〝わけがわからんが把握《はあく》〞

「えっと、それで下級悪魔のインプさんはどうしてここに？」

「だ、誰が下級悪魔ですか、私は大悪魔《グレーターデーモン》の――」

声を荒らげ抵抗しようとするが、その瞬間にミィちゃんに睨《にら》まれ、言葉を引っ込める。

「はい、下級悪魔《インプ》でいいです……。で、でも、私の名前はルシアです。そ、そこだけは訂正《ていせい》させて下さい」

「あっ、ごめんなさい。すっかり勘違《かんちが》いしてました。ルシアさんですね。どうしてここに？」

「あっ、いえ。昨日はいきなり吹き飛ばされて意識を失いましたから、それの仕返しに……と思ったのですが、もう大丈夫です」

〝インプｗｗｗｗｗ〞
〝インプってＤ級の魔物だよな？ｗ〞
〝雑魚《ざこ》だな〞
〝しかも認めちゃってるよ〞
〝悪魔も必死だｗ〞

ミィちゃんが拳《こぶし》を振り上げた瞬間にルシアは「ひぃっ」と悲鳴を上げる。

なんだろう……。こっちが虐《いじ》めているようにしか見えなくなってきた。

「そっか。それじゃあ、もう帰るんだね？」

「あっ、いえ。よ、よろしければこの私めもあなた様の配下に加えていただけないでしょうか？」

「配下？」

僕はミィちゃんやティナを見る。

ミィちゃんは怪我《けが》をしていたところを拾ってきた家族みたいなものだし、ティナは普段は庭に植わってるからペットかな？

「僕に配下なんていないよ？」

「そ、そんなことありません。現に災厄《さいやく》級の魔物と最上位精霊を付き従えているじゃないですか!?　しかも、まだまだ危険種の気配がうじゃうじゃと……」

「危険種？」

もしかすると僕のこのダンジョンってもっと色んなところに繋《つな》がってて、そこに危険な魔物がいるとか？

それだと早く危険を排除《はいじょ》しないとみんなに被害が及ぶかもしれない。

「ミイちゃん、その危険な魔物がどこにいるかわかる？」

「わからないのだ！」

「クゥちゃんは知ってる？」

「くぅぅ。ごめんなさいです。クゥもわからないのですよ」

「ティナは？」

「わからないのら」

「そっか……」


〝お前たちだよ!!ｗｗｗｗｗ〟

〝ミイちゃんたちからしたら危険な魔物はいないよな？〟

〝俺たち基準だと？〟

〝入った瞬間に消滅だな〟

〝悪魔も必死だｗ〟


つまり危険を察知《さっち》する上でルシアの力は頼りになるものだった。

ただ、問題は彼女が悪魔ということだった。

いつここのみんなを襲うともしれない。

そんな人をおいそれと信用することもできない。

「いかがでしょう？　このルシア、あなた様のために誠心誠意をもってお仕《つか》えすると誓《ちか》いますが」

「えっと、いらないかな？」

「なんですと!?」

これ以上幼女が増えても困るし。

〝断られたｗ〟

〝まぁ悪魔は信用できないよな？〟

〝戦力にはならなさそうだしな〟

〝散々《さんざん》な言われよう〟

〝これが事実だしな〟

まさか断られるとは思わなかったらしく驚きの声を返してくる。

「で、でも私、色々と役に立ちますよ？　戦闘では……」

僕の隣にいたミィちゃんへ視線が向く。

「そこのトカゲには遠く及びませんが、そこそこ力を持ってるんですよ。それに私は魔法も」

今度は僕の胸ポケットにいたティナへと向く。

「そこの精霊女王には遠く及ばないですが……」

だんだんとルシアが気落ちしていく。

「大丈夫？　もしかして働くところがないの？」

あまりにも必死に自分を売り込もうとしていたので、もしかすると生活に困っているのかと思い尋《たず》ねる。

すると、ルシアはパッと花開いたように目を輝かせながら言う。

「そう、それです！　それにございます」

「いや、それはそんな自信たっぷりに言えるようなことじゃないと思うけど……」

僕は思わず苦笑を浮かべる。


〝無職の悪魔誕生！ｗｗｗｗ〟

〝ルシア、嬉しそうだｗ〟

〝本来なら引く手あまたな能力なんだけどな〟

〝相手が悪い。〟

〝でも貴重な常識人？　だぞ〟

〝でもユキちゃんを傷つけた極悪な魔物でもあるな〟

「わかったよ。それなら僕のところで雇《やと》ってあげるよ」

「ほ、本当ですか!?」

「でも、僕の仲間を傷つけたら絶対に許さないからね」

「もちろんにございます。手を出そうものなら私の方が一瞬で消し炭《ずみ》にされてしまいます」

「あと、一応三食と住むところ……はダンジョンか僕の家かを決めてもらわないとだけど、それくらいしか今は出せないかな？　いずれは収益が出たらみんなに還元《かんげん》しようとは思っているけど……。その条件で良いの？」


〝条件ブラックだw〟

〝学生の八代たんならそれが精一杯《せいいっぱい》だろうね〟

〝その条件で良いから働きたい〟

〝良い経験にはなる……のか？〟


「もちろんにございます。食事を頂けるだけでこのルシア、感謝の極《きわ》みにございます」

「大げさだよ……。みんなもそれでいいかな？」

「くぅう。もちろんなのです」

「八代が決めたのなら異論はないのだ。でも、八代に手を出したらぶっ飛ばすのだ！」

「私もご飯食べられない苦痛はよく知ってるのら。一緒に美味《おい》しい水道水を食《ご》べ《は》るのら《ん》」

「あ、ありがとうございます。このルシア、先輩方に早く追いつけるように邁進《まいしん》させていただきます。あっ、主様《あるじ》、もう一つお願いをしてよろしいでしょうか？」

「あ、主⁉ う、うん、良いけどどうしたの？」

ルシアの呼び方に思わず驚いてしまったが、悪魔だとそうなるのかなと納得することにした。

「私とその……、契約をしてほしいのです。もちろん命に危険があるような契約ではなく普通の契約なのですが——」

「えっと、それは何か紙にでも書いたら良いのかな？」

確かに今雇うって言ってもそれは口約束だもんね。

なにか証拠のようなものが欲しいのかも。

「いえ、この言葉を口に出して頂けたらそれが悪魔《わたくし》たちの中でしっかりとした契約になりますので。先ほどの内容でしたらこちらですね」

ルシアが地面に書いた文字をそのまま読んでいく。

「えっと……、『求む大悪魔。至難《しなん》の業《わざ》。わずかな報酬《ほうしゅう》。常闇《とこやみ》の日々。絶えざる危険。生還《せいかん》の保証はない。成功の暁《あかつき》には名誉と賞賛を得るだろう』。これで良いのかな？　って、えっ⁉」

僕がそれを唱《とな》えた瞬間にルシアの足下に魔方陣が浮かび、彼女は恍惚《こうこつ》の表情を浮かべていた。

〝よく聞く厨二《ちゅうに》セリフだｗ〟

〝アーネスト・シャクルトンの求人だな〟

〝厨二病無職下級悪魔かｗ〟

〝常識人どこに行った〟

〝常識人はこんな危険なダンジョンにはいないぞ〟

〝こんな仰々《ぎようぎよう》しい契約じゃないだろｗ〟

〝危険ってミィちゃんたちのことか〟

〝この契約で喜ぶのってこの悪魔だけだろｗ〟


「ま、まさか私が真の主様を見つけることができるとは。しかも誉《ほま》れ高き主従契約まで。このルシア、どこまでも主様に付き添わせて頂きます」

「えっと、どこまでも来られたら困るんだけど……。僕も学校があるし……」

「お供《とも》します！」

「だから、ダメだって」

「くっ、主様が仰《おつしや》るならこのルシア、涙を呑《の》んで待機させて頂きます。ですが、お呼び頂けましたらすぐに馳《は》せ参じます故《ゆえ》」

「わ、私もすぐに行くのだ！　そんな悪魔より私の方が早いのだ！」

「それならクゥも八代くんにくっついていくのですよ」

「なんですか？　トカゲと猫風情《ふぜい》が」

「もう一度吹き飛ばしてやるのだ」

「負けないのです！」

〝早速喧嘩《さっそくけんか》してて草〞
〝主のためなら絶対に勝てない相手でも勝負を挑む悪魔の鏡〞
〝結果、見えてるけどなw〞
〝ルシアは壁にめり込むな〞
〝ミイちゃんは肉抜きかな〞
〝クゥちゃんも巻き込まれたw〞
〝勝者がいないw〞

「こらっ、三人とも。喧嘩をしたらダメだからね」

「申し訳ありません、主様」

「ごめんなさいなのです……」

「わ、悪かったのだ。ちゃんと仲良くするのだ」

「うんうん、それでいいよ」

「お兄ちゃん、ところでこれ、配信されてるけどいいのら？」

「あっ!? わ、忘れてたよ。こ、これが僕のダンジョンの日常です。では」

そう言うと配信を終え、その慌ただしさから僕は思わずその場に座り込んでしまう。


〝日常ｗｗｗｗｗ〟

〝そういえば日常配信だったｗ〟

〝こんなことが日常であるのか？〟

〝あのダンジョンならないとは言えないな〟

〝次も楽しみにしてるよ〟

閑話　DSU地方支部にて（その2）

重要警戒対象《柚月八代》のところへ職員を送り込むことに成功した後藤《ごとう》は、ようやく一服らしい一服をとることができ、愛用のたばこを吹かしていた。

天瀬《あませ》が彼女らと仲良くなってくれるのならそれでよし。

ダメならばダメで別の奴《やつ》を送り込むだけだった。

誰かしら職員を送り込んでいれば仕事をしている風に見える。

どうせドラゴンが襲《おそ》ってくるようなことになれば関係者は誰一人ただじゃ済まないのだから、ちゃんと仕事をしてる風に見せることこそが大事なのである。

これでしばらくは平和に過ごせる。そう思い安心していたのだが——。

「支部長、大変です！　Aランク探索者ユキが危険です。すぐに応援を！」

「ちっ、またトラブルか」

すぐにたばこの火を消して配信画面を見に行く。

——ユキ……、かなり安全マージンをとってダンジョン攻略をするAランク冒険者。素早い動きで魔物の攻撃をことごとく躱《かわ》すからほとんど傷も負わない。およそ危険にあうとは思えない探索者なのだが……？

ドラゴンを飼う奴が現れたりしてるし、何か特殊なことがダンジョン内で起こっているのかもしれない。そう思いユキの配信を見る。

すでにユキは満身創痍《まんしんそうい》でろくに動けなくなっており、今から救助に向かっても絶対に間に合わない。

ならば少しでも彼女をここまで追いやった魔物についての情報を得るべきであろう。

むしろ今は、早急に魔物を討伐《とうばつ》できる探索者を送り込むことくらいしかできることがなかった。

「相手はグレーターデーモンか。危険度Aランク。ソロで相手にするには厳しい相手だろうな。なぜC級ダンジョンにそんな危険な相手が現れたのかは不明だが、しばらくこのダンジョンは閉鎖《へいさ》。Sランクパーティーを呼び寄せて討伐依頼を出す。報酬《ほうしゅう》は……上に掛け合うか」

後藤の頭の中にこれからの予定が組まれていく。

——はぁ……、またしばらく休み抜きか。

思わずため息が出てしまう。

そして、メモにグレーターデーモンの情報を書き込んでいく。

「武器は爪《つめ》でその切れ味はミスリルくらいなら簡単に切り裂く。魔法は未使用だが、高位クラスは優に使えるだろうな。それで突然体が吹き飛んで――はぁっ？」

　情報をまとめている中、何者かによっていきなりグレーターデーモンが吹き飛ばされていた。

「何が起きた⁉」

　思わず声を上げてしまう。

　そこでひょこっと姿を現したのは例の少年だった。

　かのドラゴンの少女やカーバンクルの少女も一緒だった。しかも天瀬まで映っていた。

「何をやっているんだ、あいつは……」

　思わず額《ひたい》に手を当てる。

　しかし、この状況。あの少年がユキを助けたように見える。

　実際はAランクのグレーターデーモンがSSSランクのレッドドラゴンやカーバンクルに代わるという超絶望状態に変わっただけであるのだが――。

　しかし、そこに探索者協会の職員も同伴しているとなれば話が違ってくる。

　協会としては危険な魔物が現れても逸早《いちはや》く探索者を派遣《はけん》することができ、メンツが立つのだ。

「とにかくこれであのレッドドラゴンの真の脅威《きょうい》が量ることができるな」

　相手が危険度Aランクの悪魔ならばさすがのドラゴンも手の内を見せてくれるだろう。

　後藤はジッと画面を眺《なが》める。

……………。

…………。

……。

手に持っていたグレーターデーモンの資料を思わず机に叩《たた》きつける。

「って一撃かよ!!」

「仕方ない。詳《くわ》しい事情は天瀬に聞くとして、あれほどの力を持っていると確認できた以上、そのまま放置するという選択肢《し》はとれないな」

指で机を小突《こづ》きながら対策を考えるが、取れる手段はそこまで多くなかった。

「かの配信者と密に連絡を取れる手段を用意するしかない。天瀬には奴ともっと仲良くなってもらわないといけないな。それこそ恋仲にでもなってくれたら……」

すぐさま後藤は部下に連絡を入れる。

「天瀬が戻り次第《しだい》俺のところへ来るように言っておけ。あとはユキもだな。あの怪我《けが》じゃすぐに探索者として復帰できない。何かしらの食い扶持《ぶち》を考えてやる必要があるだろう」

「そ、それが支部長……。ユキさんの怪我が……」

「どうかしたのか!?」

「カーバンクルの魔法で一瞬で完治しました」

どうやら耳が悪くなってしまったようだ。

職員の口からあり得ない言葉が聞こえた気がした。

「すまん、何を言ってるかわからん。もう一度言ってくれ」

「ユキの怪我がカーバンクルの魔法で完治しました」

どうやら空耳《そらみみ》ではなかったようだ。

ドラゴンが世界を滅ぼす脅威なら、今話に上がったカーバンクルは欲する者が後を絶たないという意味で危険であった。

下手をするとこの町を巻き込んだ争奪戦すら考えられる。

「……もしかしてまたあいつか？」

「ええ、柚月八代《ゆづきやしろ》が連れていたカーバンクルです。防御《ぼうぎょ》だけではなく回復の力もあれだけあるとなるとやはりレッドドラゴンと対等の存在かと」

「これはまずいな、この場は任せて良いか？」

「はっ！　えっ、いえ、こんな状況を任されましても……」

「もう危険はない。あとは撤収《てっしゅう》するだけだろう？　ならば問題ないはずだ」

「わかりました。それ以上の問題ということですもんね」

「そういうことだ。解決するまで戻ってこない」

それだけ言うと後藤はスーツの上着を着て部屋を飛び出す。

向かう先はＤＳＵ日本本部。

日本のＤＳＵをとりまとめている場所であった。

本来ならば事前に話を通した上で訪問するのだが、今はそれどころではなかった。

あのカーバンクルを手に入れようと日本の探索者はもちろん、世界中の探索者が集まる恐れすらあるのだ。

本来ならDSUで先に摑《つか》んでおくべき情報なのだが、ライブ配信で先に流れてしまった。

あのカーバンクルを確保しようと動き出している探索者が既《すで》にいるかもしれない。

しかし、そんなことをしてあのレッドドラゴンを刺激したらどうなるか……。

——俺はまだ死にたくないんだ！　この町を焼け野原にさせてたまるか！


次に後藤が戻ってきたのは二日が過ぎてからだった。

日本本部とのやりとりはなかなか苛烈《しれつ》を極《きわ》めていた。

簡単に言うと日本本部の上司が言うには、

「金は出さん！　でも、手は貸せ。カーバンクルは寄越《よこ》せ」

ということだった。

そんなことをあの少年に伝えればまず怒らせる。

——全くあいつらは俺の苦労も知らないで……。

とりあえずなんとか説得して、警戒《けいかい》対象として職員を一人、彼の側《そば》で付きっきりで生活させる承諾《しょうだく》だけは得ることができた。

そのための予算もいくらか引っ張り出してきている。

そして、碌《ろく》に休むことなくとんぼ返りで戻ってきたときには天瀬も帰ってきていた。

後藤の姿を見て、頬《ほお》を緩《ゆる》めながら駆け寄ってくる。

「えへへっ、支部長、見てくださいよこれ。私が交渉《こうしょう》して売ってもらったんですよ」

天瀬が見せてきたのはドラゴンの爪であった。

売れば豪邸が建つとも言われている貴重な宝だ。

もちろん売るにはそれなりのルートが必要だし、現金に引き換えるにはそれなりの時間がかかる代物《しろもの》でもある。

それでも一般職員である天瀬からすると宝くじが当たったようなモノだった。

「良かったじゃないか」

「えへへっ、臨時ボーナスですね」

「そうだな。オークションの売買代金から素材買取額を引いて、残りの5％がお前の歩合として給料に追加されるわけだしな」

ドラゴンの爪となると買取額は一億円を優に超える。

それがオークションをかけると数倍、いや希少《きしょう》価値を考えるともっと跳《は》ね上がってもおかしくない。

そこから5％貰《もら》えるとなるとこれ一つで天瀬は数百万稼《かせ》げる計算になっていた。

「あとはお前に朗報だ」

「……なんですか？　支部長の目、なんだか怖いですよ……」

「お前に社宅が与えられることになった。今後は仕事も基本は在宅ワークで構わない。だから、安心して死んできてくれ」

天瀬の肩に手を置く。

「えっ？　えええええええ!?　嫌ですよ!?　死にたくないですよ!?　どうしてそんなことをされるんですか!?」

「お前しかできる奴がいないだろ？　あの柚月八代が暴走しないように監視する、なんて」

「あっ……、そういうことですか」

天瀬はようやく納得する。

何度か通って少しだけ慣れてきた天瀬だが、世間《せけん》的にはまだまだSSSランクの最強種は驚異なのだ。

「えっと、でも社宅っていうのは？」

「その柚月の家の近く……。できれば隣がいいが、その辺《あた》りの土地を買えないか交渉している。買取が完了次第、そこがお前の家になる」

「えっと、私以外にやる人は……」

天瀬が周りを見るとみんな一斉《いっせい》に顔を伏せる。

誰もやりたくない仕事のようだった。

「……お給料はどのくらいもらえるのですか？　もちろん危険手当とか住宅手当とか頂けるんですよね？」

「基本給は今の倍。あとさっきお前が貰ったような素材だと、次からは利益の一割が歩合として支給される。うまくやればとんでもなく稼げるぞ」

「はぁ……。わかりました。そこでの暮らしは全部経費でお願いしますね」

「仕方ない。資金は引っ張ってきてあるからな。それで頼む」

「わかりました。死なない程度に頑張りますね」

こうして天瀬は嫌々ながら八代を見張るために近くの家へ引っ越すことになったのだった――。

――あっ、でも、みんな普段はおとなしいし、慣れれば実は楽な仕事なのかな？　お金もたくさん貰えるし……。

第六話　人気ダンジョン配信者のユキ

ルシアは結局僕たちと一緒に地上の家に住むことを選んでいた。

本来悪魔は太陽の光に弱い魔物らしくその点もルシアに聞いたのだが、「主様《あるじ》と離れている方が私にとっては苦痛です！」と言いきられてしまった。

一応僕の許可なくこの家から出ないようにとだけは言っておいたので、その点は安心だった。

――安心していいんだよね？

どうにも一抹《いちまつ》の不安は拭《ぬぐ》いきれないけど、一応契約で僕の命令には従ってくれることにはなっているらしい。

でも、その命令を曲解して最悪な方法で叶《かな》えることもできる、という話も聞いたのでなるべく命令はしないでおこうと思っている。

「それじゃあ、無事？　に今日の配信も終わったことだし晩ご飯にしよっか。みんなはいつものでいいかな？」

「もちろんなのだ！　たくさん欲しいのだ」

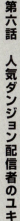

「お魚、お魚なのです♪」

「ティナも家《うち》の美味《おい》しいお水がいいのら」

「はいはい、わかったよ。それでえっと、ルシアはどうする？」

「主様の手を煩《わずら》わせるわけにも参りません。ここは私めにお任せ下さい」

「ルシアって料理できるの？」

「こう見えても切ることに関しては他の追随《ついずい》を許さないと自負しております」

そう言うとルシアの爪《つめ》が三十センチほどに伸びる。

――えっ？　それで切るの？

呆然《ぼうぜん》としてしまうが、どの程度の腕なのかは見る以外に判断する方法がなかった。

「それならキャベツとニンジンをザク切りにしてもらえるかな？」

「お任せください！　私の手にかかればキャベツの百や千、一瞬にして切り刻《きざ》んでみせます」

「ミィちゃんは食べないだろうし。三人分だからそんなにいっぱい切らなくていいよ」

「かしこまりました」

ルシアの前に野菜を置くと瞬《またた》く間に切り刻んでくれる。

それを強火にかけたフライパンで炒《いた》めていき、軽く塩胡椒《こしょう》をまぶして……。

「はいっ、野菜炒めだよ」

「おぉ、主様からの下賜《かし》。このルシア、この宝は家宝として一生保管させていただきます」

本当に大切に保管しそうだったので、僕は慌《あわ》てて注意する。

「いやいや、普通のご飯だから食べてくれないと困るよ」

「くっ、わかりました。ありがたく頂戴《ちょうだい》いたします」

「助かるよ。あとはご飯とインスタントのお味噌汁《みそしる》。簡単なものだけで悪いけどね」

「八代《やしろ》ー、私も欲しいのだー！」

「八代くん、クゥもクゥも」

「ミィちゃんにはお味噌汁と生肉《なま》の盛り合わせだよ。クゥちゃんには秋刀魚《さんま》の塩焼きね」

「やったー、なのだ！」

「お、お兄ちゃん、ティナも……」

「大丈夫だよ、ちゃんとお水汲《く》んどいたよ。最高級の水道水だよ。好きなだけ飲んでね」

「ありがとなのらー」

ついこの間まで僕一人で食事していたのが嘘《うそ》のように食卓は賑《にぎ》やかなものになっていた。

その様子を見ていると思わず頬《ほお》が緩《ゆる》んでしまう。

思わずスマホでパシャリ、と撮っていた。

――あとでカタッターに載《の》せようっと。

そんなことを思っているとミィちゃんがパック肉を全《すべ》て食べ切っていた。

「もう肉がなくなったのだ。おかわりが欲しいのだ」

「お肉はもうないよ。野菜でよかったらあるけどどうする？」

「むむっ、それはいらないのだ。それなら米をもらうのだ」

「そう言うと思って用意してあるよ」

僕は茶碗《ちゃわん》にご飯をよそってミィちゃんに渡す。

「こ、このトカゲ、主様を働かせて……」

「ルシアはおかわりどうかな？」

「主様から頂戴できるものはどんなものでも受け取らせていただきます」

「食べすぎるとお腹《なか》壊すからほどほどにね……」

しかし、僕の言葉なんて耳に入らないのか、ルシアとミィちゃんは睨《にら》み合っていた。

「私の方がいっぱい食べるのだ！」

「たくさん食べて主様にお褒《ほ》めいただくのはこの私です」

「べ、別にたくさん食べたからって褒めたりしないからね!?」

「や、八代くん、私も手伝うのですよ？」

それから先はもうご飯を何杯よそったのかわからない。

クゥちゃんが協力してくれて二人でご飯をよそっていたのだが、結局炊飯器《すいはんき》が空《から》になって、引き分けという形で決着がついたようだった。

食後に僕は自分のチャンネルを開いていた。

いつもなら配信をしておしまいなのだが、今日は瀬戸《せと》くんが言っていたお気に入りの人数が気になってしまったのだ。

「うわぁ……、お気に入りが二十万人もいるね……」

「お兄ちゃん、目が虚《うつ》ろなのら」

ティナに心配されてしまう。

それほどに僕の目の前には信じられない数字が並んでいたのだった。

「たったの二十万ポッチですか。この世界には主様の魅力に気づかないゴミ虫が多すぎますね」

「僕からしたら多すぎるくらいだよ⁉」

「あははは、また増えたのだ！」

「数字が目で追えないのですよー」

勝手に増加していく数字を見てミィちゃんは大笑いしていた。

ちょっと目を離した隙《すき》に二十五万人を超えようとしているし……。

「それにしてもなんでこんなに増えてるんだろう」

「みんな暇《ひま》なのらー」

それもあるだろうし、もしかするとダンジョンを配信すれば自動的にこのくらいの人は集まるのかもしれない。

配信を始める前まで毎日見ていた配信者たちは数百万もお気に入りがいたわけだし。

それを考えたらたった二桁《けた》万人のお気に入りなんていないも等しいよね。

そう考えたらなんだか気持ちが軽くなってきたかも。

実際にはお気に入り千人を超える配信者はほんの数パーセントにも満たないと言われているのだが——。

「ふわぁぁ……、そろそろティナはお眠なのら……」

「もう遅くなったもんね。僕たちもそろそろ寝るけどルシアはどうする？」

「私は夜の方が動きやすいので、何かお仕事を言っていただけましたら働こうと思います」

「うーん、今は特にないかな？」

「はっ、では自分で考えて行動したいと思います」

「人を傷つけたり迷惑をかけたりしたらダメだからね」

「かしこまりました。任せてください。あっ、こちらのぱこそんとかいう箱を使わせていただいてもよろしいですか？」

「もちろん使っていいよ。正確にはパソコンだね」

「すぅ……すぅ……」

「あっ、ごめんね。今庭へ連れて行くから」

少しルシアのことが心配だったが、ティナを連れて庭へと向かうのだった。

夜になり、僕は寝る前に今日の出来事をカタッターに書こうとアプリを開いていた。

――なんだろう、この99+って文字……。

通知のところにそんな文字が出ていたが、気にすることなく先ほどの出来事を書き込む。

『今日は新しく仲間になってくれた下級悪魔のルシアと一緒に夕食を食べました。ミィちゃんとルシアがご飯の食べ比べをして大慌てでした』

写真を添えてカタッターに載せる。

「これでよしっと」

カタッターを閉じて寝ようとした時にダイレクトメッセージのところにも何か連絡が来ていることに気づく。

――僕に直接DMを送ってくるのって友達の誰かだよね？

一体誰からだろう、と開いてみるとそこに浮かび上がったアカウントは僕もよく知る、でも何も知らない人物からだった。

「ど、どうしてユキさんから!?」

僕に直接DMを送って来た相手は人気配信者のユキさんであった。

相手は人気配信者。一方の僕は配信を始めたばかりの新米。

しかも、僕はユキさんのライブ配信に乱入してしまうという事故も起こしている。

それを見た僕が震えてしまうのは必然だろう。

――や、やっぱりあの時乱入してしまったことを怒ってるんだ……。

あのあと、恐れ多くて僕からは連絡を入れていない。それが悪かったのかもしれない。

――どうして僕はあのあと連絡を入れておかなかったんだ!?

過去の自分に対して文句を言う。

もちろんそれで事態が良くなるわけではない。

このまま放置するわけにもいかず緊張する手で、ＤＭを開く。

すると、そこには短い言葉でこう書かれていた。

『ぜひ直接お会いして話したいです。次の土曜日、ご都合はいかがでしょうか?』

や、やっぱり怒ってるー!?

僕はそのメッセージを見た瞬間に恐怖で体が固まってしまうのだった――。


結局僕はＤＭの返事を考えるのに必死でまともに寝ることができなかった。

しかもどう返せばいいのか思いつかなかった。

下手な返事をしたら余計怒らせてしまう。

「ど、どうしたらいいのだろう……」

しかし、このまま返事をしないのも問題だとわかっていた。

「くぅぅ？　どうしたのです？」

ベッドから起きてきたクゥちゃんが眠そうに目を擦《こす》りながら聞いてくる。

「起こしちゃった？」

「だいじょうぶなのです……」

まだまだ全然大丈夫そうには見えなかった。

「寝てていいよ。僕はちょっと早いけど起きるね」

「ふぁい……」

クゥちゃんは再びベッドに戻る。


僕の方はそのまま庭の方へと出る。

ティナは土の中から少しだけ顔を覗《のぞ》かせているもののまだまだ起き立てで、体の大部分が土の中に埋まっている。

僕はそんな彼女の頭にじょうろで水道水をかけてあげていた。

「おいしいのらー！」

「喜んでもらえてよかったよ」

「……？　お兄ちゃん、元気ないのら？」

「ちょっと寝られなくてね……」

「大丈夫なのら？　お水、飲むのら？」

ティナが頭の葉っぱに付いた朝露《あさつゆ》を僕の方へ近づけてくる。

「そんな貴重なものを飲めないよ!?」

「大丈夫なのら。ちょっと魔力を使えば簡単に出せるのら」

「でも、ティナに無理をさせちゃうわけだし……」

「ティナはお兄ちゃんが元気ない方がつらいのら」

ティナに悲しい顔をさせてしまう。それを見て、僕は自分の態度を反省する。

——僕が疲れた顔をしてたらみんな心配しちゃうよね？

両頬を叩《たた》いて気合いを入れると、僕はティナに向けて笑顔を見せる。

「もう大丈夫だよ。心配してくれてありがとう」

「お兄ちゃんが元気になってくれてティナも嬉《うれ》しいのら」

ティナが全身を使って喜びを表現していた。

「それじゃあ、僕はそろそろ学校へ行ってくるね」

「いってらっしゃいなのらー」

ティナに見送られて、僕は少し早い時間ながら学校へと向かっていった。

まだ早い時間だからか、学校へ着いても人は疎《まば》らにしかいなかった。

――瀬戸くんたちは……まだ来てないね。

できたら相談したかったたな、と思ったのだけどいないものは仕方ない。

彼らが来るまでののんびりカタッターを眺《なが》めることにする。

今日も通知は99＋。

もはや壊れているようにしか思えない。

「えっと、今日は……っと」

朝はティナへの水やり写真しか撮れていない。

しかも大半が土に埋まってるから顔くらいしか見えていない。

まだミィちゃんたちは寝てたし、ルシアは夜行性だから日が昇ってからは寝てしまっているだろう。

更新できる写真はこれくらいしかなかったのだ。

「仕方ないかな」

考えたところでこれ以上のものは見つからない。

僕はカタッターに本文を打っていく。

『早起きティナちゃんの水やり風景。「おいしいのらー！」ってとっても喜んでくれたよ』

カタッターにアップし終えると僕の目の前に椎《しい》さんがいた。

「わわっ、椎さん!?　ど、どうしたの？」

「……おはよ」

「えっ、あっ、うん。おはよう」

「……早いね」

「みんなに相談したいことがあってね。そのことを考えてたらついつい早く出ちゃったんだよ」

「……うっかりさん？」

「うっ……」

「……相談、乗る？」

「そうだね、椎さんにも乗ってもらえると嬉しいかな」

僕は昨日のＤＭの件を話す。

うっかり配信に入り込んでしまった人気探索者から直接ＤＭが来たことを。

「どう思う？　やっぱり僕、怒られるのかな？」

「……考えすぎ」

「で、でも、他人の配信に入るのはダメなことって言ってたよ？」

「……スマホ貸して」

「あっ、直接本文が見たいの？　これだよ」

僕はカタッターのＤＭのページを開く。

それを受け取った椎さんはなにやら画面で操作していた。

「……これでいい」

椎さんが見せてきたのは返信の本文。

『土曜日はランチなら大丈夫です。いかがですか？』

しかも既《すで》に送信ボタンが押されていた。

「ちょっ!?　か、勝手に押したらダメだよ!?」

「……柚月《ゆづき》は考えすぎ。予定を聞かれてるんだから予定で返せば良い」

「そ、それはそうだけど……」

僕はサッと椎さんからスマホを奪い返すと、彼女のしたことをどうやって謝るか考え始める。

すると、僕が本文を打つ前に返事が来る。

「早っ!?」

「……こんなもの。ずっとスマホ見てたし」

「どうかしたの？」

「……なんでもない」

改めて僕は緊張しながらDMを開く。

『それならお昼を一緒に食べましょう。十二時に駅前で待ってます』

特に怒ってるとかは書かれておらず、本当に予定だけ聞きたかったようだった。こんなに簡単なことで良かったんだ、と僕は机に突っ伏していた。

「ありがとう、椎さん。おかげで助かったよ」

「……お礼はデートしてくれたらそれで良い」

「うんっ！　えっ⁉」

「……楽しみにしてる」

それだけ言うと椎さんは自分の席へと戻っていってしまった。

「ちょ、ちょっと、椎さん！　今のってどういう――」

僕の叫び声も虚《むな》しく、始業のベルにかき消されるのだった。


「今日は朝から椎と何話してたんだ？」

昼休みに瀬戸くんが僕の席へとやってくる。

「カタッターのDMにユキさんから連絡が来て、返信の相談に乗ってもらってたんだ」

「ゆ、ユキさんって、本人なのか⁉」

「ま、間違いないと思う……けど？」

僕はカタッターの画面を実際に見せる。

「こ、このアカウントは間違いなくユキ本人だ。くっ、どうしてお前ばっかり……」

「直接会いたいって、どう考えてもこの前のダンジョン配信のことだよね？」

「それ以外に接点がないだろ？」

「や、やっぱり……。ど、どうしよう、僕。お、お詫《わ》びに何か用意した方がいいのかな?」

「むしろお前は貰《もら》う側だろ? 気負わずに行けばいい。この前誰かが言ってたセリフだけどな」

「そ、そうだよね。うん、頑張るよ」

僕はグッと手を握りしめて気合いを入れる。


「それよりもこの通知、すごいな。初めて見たぞ」

「これってすごいの? 初めからこうだったけど」

「さっきからずっと通知が鳴り止《や》まないじゃないか。一体どんな語りをしてるんだ?」

「どんなって瀬戸くんと似たような感じだよ。食事の光景を撮って出してるだけかな」

実際に朝アップしたものを瀬戸くんに見せる。

「ほらっ、別に普通の内容でしょ?」

「この語り、さっきからすごい勢いでふぁぼりつされてるんだけど?」

「ふぁぼりつ?」

「そこから教えないといけなかったのか。『ふぁぼ』っていうのはこの語りがいいなって思ったらハートのところを押すこと。ここにその数が表示されるんだ。どれだけの人がこの写真をいいって思ってくれてるのかわかる仕組みだな」

「そんなのがあったんだ……。でも、瀬戸くんのにそんなのついてなかったけど?」

「俺のは単に人気がないだけだ。一般人を舐めんな」

「僕も一般人だよ!?」

「一般人は人気配信者と知り合いだったり、ダンジョン配信したりしてねーよ！」

「ミィちゃんたちの食費がすごくかかるんだよ。どんな一般人でも配信するよ」

「まあ、それは置いておくか。次はりつの方だな」

「置いておかれた!?」

『りつ』はリツイート。他人の語りをたくさんの人に見てもらいたいと思ったら押す、矢印が円を作ってるボタンだな。これを押すと自分のフォロワーのところにもこの語りが表示されるんだ」

「フォロワー？」

「そこもか。『フォロワー』はカタッター上の知り合いだな。相互フォロワーは友達みたいなものだ。まぁ、俺たちのことだな」

「あっ……友達。えへへっ、そうだよね」

思わず笑みがこぼれてしまう。

「話を続けるぞ。つまり『りつ』というのはどれだけいろんな人のもとへ拡散されたかどうかってことだ。それで柚月のやつはいろんなところで表示されるわけだ」

「なんかすごい人数になってるね……」

「そもそもお前をフォローしてる人、すごい人だらけじゃないか。なんだよ、この人たち。ユキは当然として『明けの雫《しずく》』の四人もだし、こっちは『重戦車』か！　芸能人やスポーツ選手とかにもフォローされてるじゃないか!?　これだけの面々にフォローされててなんでお前は俺たちしかフォローしてないんだよ!!」

「えっ？　し、知らない人にそんなこと怖くてできないよ……」

「あぁ、お前はそういう奴《やつ》だったな。でも、ユキとはDMのやり取りをしてるんだろ？　それならフォローを返してあげてもいいんじゃないか？」

「ぼ、僕なんかがそんなことして迷惑じゃないかな？」

「そんなわけないだろ!?　貸せ！　俺がしておいてやる！」

「だ、大丈夫だよ、僕がやるから……」

勝手にカタッター操作をされそうになったので、僕が自分でユキさんのプロフィールへ飛ぶ。

そこには彼女の詳細《しょうさい》な情報と写真のアイコンが載っていた。

そこに『フォローする』と書かれているボタンがあったので、それを押す。

その瞬間に通知が再び入る。

「おっ、ユキからリプが来たじゃないか」

「み、みんな使いこなしすぎじゃない？　僕はもう頭がパンクしそうなんだけど……」

「このくらいすぐに使えるようになるぞ。ほらっ、見てみろよ」

通知のところから、ユキさんから僕宛《あて》に送られたコメントを見る。

『フォロバありがとうございます。ティナちゃん、すっごく可愛《かわい》いですね』

「ど、どうしよう、瀬戸くん。こ、これも返さないといけないのかな？」

「リプは無理に返さなくていいぞ。いいものを送ってもらえたらハートを押すといいんだ」

「それでいいんだ……」

僕はほっとしてリプのコメントにハートのボタンを押すのだった。

――ティナのことを気に入ってるなら今度のランチ、一緒に行った方がいいかな？

そんなことを考えながら――。

◇◆◇◆◇◆

（椎視点）

「べ、別に変なことは送ってないよね？　昨日助けてもらったお礼をするだけなんだし」

――これで何度目だろうか？

姉である神田月雪《かんだつきゆき》がスマホを見ながらあたふたしている姿を椎は呆《あき》れた様子で眺めていた。

「……さっさと送れば良い」

「それができるならとっくに送ってるわよ」

「……臆病《おくびょう》」

「し、仕方ないでしょ。その……、話したことのない相手と連絡を取るんだし……」

そもそも雪は休みの大半をダンジョンで過ごしている。

付き合いのある異性といえば年上の同じ探索者で仕事の話くらいしかしない。

自分から異性の、しかも年下を誘うなんて思春期の青春らしいことは生まれて初めてのことだったのだ。

それにしても、こんな女子らしく照《て》れている姉の姿は椎としても初めて見た。

だからこそ応援したい気持ちも持っていたのだ。

「……貸して」

椎は姉のスマホを勝手に奪い取る。

『ぜひ直接お会いして話したいです。次の土曜日、ご都合はいかがでしょうか？』

そこにはすでに送るべき文字が打たれていた。

あとは送信ボタンを押すだけだったようだ。

「……ぽちっ、と」

「あぁぁぁぁぁぁ!?」

迷うことなく送信を押してしまう椎。

それを見た雪は慌ててスマホを奪い返していた。

「ど、どうして送っちゃったのよ!?」

「……送るものでしょ？」

「そうだけど……。それはそうだけど……」

「……迷うくらいなら送る！」

「ううぅ……、まだフォロバもされてないのに……。変な子と思われたらどうしよう……」

「……大丈夫、お姉ちゃんは変」

「椎に言われたくないわよ!?」

「……それより用事が終わったならお風呂入ってきて」

「わ、わかったわよ……」

そわそわと何度もカタッター画面を眺めては落ち込みながら雪は浴室へと向かっていった。

「……そういえば柚月はお姉ちゃんに怒られると思ってたかも」

その感覚のままならば返信は遅いかもしれない。

というか、柚月を困らせる結果になってるかもしれない。

「……仕方ない」

椎も手を貸そうと柚月にＤＭを送るのだった――。


「……返ってこない」

突然の姉からの連絡は困惑《こんわく》して返信できないかも、とは思ったけど、まさか自分の方にも返ってこないとは思わなかった。

「……使い方、知らない？」

そもそもカタッターを知ったのが昨日なのだ。

二日で完璧《かんぺき》に使いこなせるとは考えにくい。

そもそも語りの時以外はまともに見ていない、と考えられる。

「……むぅ」

これは少しばかり早まってしまったかも、と考える。

しかし、その後まもなく柚月の配信が始まったので、配信前でばたついていただけだろう、と結論づけていた。


柚月の配信が終わると雪は複雑そうな表情を浮かべていた。

「あの悪魔……、生きてたんだ……」

自分が殺されかけた悪魔を見てやはり思うところがあるようで、雪は唇《くちびる》を嚙《か》み締めていた。

「……やっぱりあの子が助けてくれたんだ」

よく見ると雪の視線は悪魔の方ではなく、柚月の方に向いていた。

「ドラゴンにカーバンクル、精霊に悪魔すらも従えるなんて……すごい」

知らないうちに頰を緩めていた雪。

「あっ、ち、違うよ!? そ、その、今のは探索者としてすごいなってことだからね!?」

なぜか椎しかいないのに顔を赤くして必死に否定する。

「……大丈夫、わかってるから」

「うん……」

「……柚月は私と瑛子《えいこ》、あとはＤＳＵの専属職員以外に女子の知り合いはいない」

「そういうことは聞いてないよ!?」

だが、顔を伏せながら「そっか……。付き合ってる人はいないんだ……」と呟《つぶや》いたのを椎は見逃さなかった。


柚月の配信が終わった後、雪は居間のソファーに寝転がりながらスマホを眺めていた。可愛らしいモコモコとした紫《むらさき》のパジャマ姿で、普段のクールなところはどこにもなかった。

「まだ来ないな……」

「……さっき配信終わったところ」

「配信終わったらカタッター見ない？ 私はいつもすぐに見てるけど？」

「……柚月は昨日カタッターを始めたばかりだから」

「やっぱり、ＤＭの本文がおかしかったんじゃないかな？ お、お詫びのメッセージを送った方がいいのかな？」

「……たくさん来る方が迷惑」

「そ、そんな……」

ガックリと肩を落としている。

こんな姿、彼女のファンには見せられないな、とぼんやり思いながら椎は冷蔵庫からアイスを取り出して食べていた。

「椎、私のも取って」

「……んっ」

少しでも気分転換になってくれるといいのだけど……。

そう思いながらアイスをもう一つ持ってきて、相変わらずスマホを見ている雪の頬にそれを付ける。

「冷たっ」

「……んっ」

「ありがとっ」

スマホを机に置くと美味《おい》しそうにアイスを食べ始める。

日も変わろうかという時間になると雪の表情が今にも泣き出しそうになっていた。

未《いま》だに連絡はなし。

椎のところにも連絡はないのでよかったのだが、柚月は一度語りを投稿していた。

つまり、柚月は一度カタッターを開いたもののDMは見ていないということだろう。

使い方がよくわかっていない、というのが正しそうだ。

でも、雪はそう思わなかったようで何度もカタッターを見ては閉じて、見ては閉じて、を繰り返していた。

「……そろそろ寝る」

「おやすみ。私はもうしばらく起きてるよ。返事が来るかもしれないしね」

「……ほどほどに」


そして翌朝。

椎が起きてくるとすでにリビングには雪の姿があった。

夜遅くまでライブ配信をしていることが多いため雪が朝早くに起きていることは珍《めずら》しかった。

「……おはよう」

「あっ、もう朝なんだ。おはよ……」

よく見ると雪の目は真っ赤だった。

「……寝てないの？」

「うん、いつ連絡がくるかわからないから……」

「……私に任せて」

いつもより早い時間ではあったのだが、椎は早めに家を出て学校に向かうのだった。


学校が終わり家へと帰ってくると、扉を開けた瞬間に雪が飛びついてくる。

「椎ー、連絡来たよーー！」

「……んっ。ちゃんと見るように言っておいた」

「ありがとー。土曜日、ランチに行ってくるよ。どこがいいかな。やっぱり星が付いてるお店を押さえた方が良いのかな？」

「……ファミレスでいい」

「で、でも、そんなところだったら『そのくらいのお礼しかできないのか』とあの子に嫌われないかな？」

「……高い店の方が遠慮される」

「うーん、そういうものなのかな……？」

あーでもない、こーでもない、と色々と悩んでいる雪。

「そ、そうだ、着ていく服も考えないと……」

「……いつもの配信の格好《かっこう》でいいんじゃない？」

「だ、ダメよ!?　あれは動きやすさ優先で可愛くないし……」

「……そんなのも気にしない」

「わ、私が気にするの!!」

「……わがまま」

「いいでしょ。あとで服選びに付き合って!!」

「……それよりすごい顔してる」

「あっ!? う、うん、まずは少し寝てくるね」

「……おやすみ」

雪は気合いを入れて寝室へと向かっていった。

眠れるのかと心配になるが、本人が幸せそうだったので椎は何も言わなかった。

「……こんな状態で私も柚月とデートするとは言えないね」

『……お礼はデートしてくれたらそれで良い』

ついつい何を言ったら柚月が困るか考えて言ってしまったその台詞《せりふ》。

驚いた柚月の顔が見られたので、それで満足したが言った手前、どこかへ行く必要がある。

「……わ、私も行く準備しないと」

どこかまんざらでもない自分がいた。

ただ、それでも雪には気づかれないようにしないと何を言われるかわからない。

「……んっ、面倒《めんどう》」

笑みを浮かべながら思ってもいないことを口にするのだった。

◇◆◇◆◇◆

（柚月視点）

ついにユキさんと会う日が明日に迫っていた。

僕はソワソワしてとてもじゃないが何も手につかない状態になっていた。

「八代、なんだか今日は顔色が悪いのだ！　そんなときは肉にするのだ！」

「お、お魚の躍《おど》り食いとか楽しいのですよ？」

「だ、ダメなのら⁉　こういう時はお日様に当たりながらお水を飲むのが良いのら」

「まったく、皆さんわかっていませんね。主様は人の世を憂《うれ》いておられるのです。ここはサクッと滅ぼしてあげるのが真の配下というものでしょう」

「がうっ、がうっ」

みんな適当なことを言ってくる。

「お肉とお魚はちゃんと買ってくるよ。お水はちゃんと水道水を用意しとくね。ルシアはとりあえず変なことをしたら契約破棄《はき》するからね！　トカゲくんは……ちょっと何を言ってるのかわらないね」

当たり前のように家へとやってきてるトカゲくん。

一応連絡係として一匹はここに来てもらうようになった。

とりあえず、目下の問題は明日のランチだ。

「はぁ……、どうしよう……」

今日何度目かになるため息を吐いてしまう。


学校へ着いても僕の気持ちが晴れることとなかった。

むしろ気持ちは沈む一方で机に突っ伏していた。

それを心配してくれたのか、三島《みしま》さんが声をかけてきてくれる。

「柚月くん、どうしたの？　何か落ち込んでるみたいだけど」

「うん、明日何を持っていったらいいかなって」

僕と三島さんの間に割って入るように瀬戸くんがやってくる。更《さら》にその背後には椎さんの姿もあった。

「……らぶらぶ？」

「ちっがーう!!　少し話をしてただけでしょ！」

「……瀬戸くんというものがありながら」

「ごめん、それなら柚月くんとラブラブする」

「なぁ、柚月。俺、何も言ってないのに勝手に拒否られて振られてるんだが？」

「あ、あははは……」

瀬戸くんが不憫《ふびん》で苦笑いしてしまうのだった。

みんなと話していたら自然と気持ちが落ち着いてくる。帰る頃には明日、みんなでどんなモノを食べようか、と恐怖より楽しみが勝るほどであった。スーパーに寄ってから家に帰ってくるとどうやら家の中に通されたらしい天瀬《あませ》さんが待っていた。

「お、お帰りなさい。柚月さん……」

「た、ただいま？　えっと、天瀬さんがどうしてここに？」

「その、昨日のお礼を……と思いまして」

「肉なのだー!!」

ミィちゃんが突然立ち上がり、嬉しそうに大声を上げる。

「ええ、前回の反省点を活《い》かして今回《けいひ》はお肉を買ってきました。なんとお肉屋さんで一番高いやつを買ってきました。支部長の財布で！」

「おぉぉぉぉ。天瀬が光り輝いて見えるのだ」

ミィちゃんの目はすっかり天瀬さんが持つ袋に釘付《くぎづ》けであった。

「い、いいのですか!?　そんな高いものを……」

「もちろんですよ。あれだけのものを貰ったのですからこのくらい安いものです！　実際に私はお金を使っていませんし」

「それならよかったです」

「お肉ー！　お肉なのだー！」

「お魚……ないです」

「では、私はこれで……」

「せっかくですから天瀬さんも食べていきませんか？」

「えっ!?」

「良い提案なのだ！　天瀬も一緒に食べるのだ！」

「あ、あの、私は自分がお肉になるつもりは……、いえ、わかりました」

諦《あきら》めにも似た表情を浮かべる天瀬さん。

「それじゃあ、みんな呼んでくるのだ！　先に食べたら怒るのだ！」

ミイちゃんが大慌てでダンジョンの方へと向かって行く。

「えっと、本当に良かったのですか？　まだ仕事があったりとかしたんじゃないですか？」

「いえ、みなさんと仲良くするのも仕事のうち、ですから。でも、あんまり痛いことはしないで頂けると嬉しいです……」

「みんなを呼んできたのだ！　早速《さっそく》食事にするのだ！」

庭にぞろぞろと魔物たちが現れる。

「おや、主様を讃《たた》える催《もよお》しですか？」

「お水たくさんなのらー！」

「がうー!!」

周囲を取り囲む魔物たち。

もうどうにでもなれ、と天瀬さんは袋から最上級肉の塊《かたまり》を取り出した。

まるで宝石のような霜降《しもふ》りの輝き。

それを神のように崇《あが》めるトカゲくんたち。

口からはだらだらと涎《よだれ》が垂《た》れ、視線は肉の塊に釘付けだった。

それはミィちゃんも同じである。

クゥちゃんもさすがに霜降りの肉を前にしたらその動きを止めていた。

ティナたち精霊《みず》の食事を準備しながら見ていた僕はある問題に気づく。

——あれじゃ、絶対に量が足りないよね？

スーパーの半額肉はあるものの、あそこまでノリにノったトカゲくんたちならいくらでも食べそうな気がする。

厨房《ちゆうぼう》で簡単なモノは作れるけど、圧倒的に肉が足りなかった。

「ちょっと買い足してこないとダメかな？」

「くぅ……。くぅ……」

リス猫くんたちが心配してくれる。

「大丈夫だよ。僕はスーパーへ行ってくるよ」

「くぅ！」

健闘《けんとう》を祈る、とでも言っているのか、最敬礼で見送られる。

ミィちゃんが暴れ出したらどうにもならないのでなるべく早く買ってこよう。

「柚月さんー、私一人にしないでくださいー」

そんな声が聞こえた気がするが、今は暴動が起きる前に沈静化《しょくじのじゅんび》する方が大切である。

僕は急いでスーパーへ買い出しに行くのだった。

そして、帰ってきた頃には肉は全てなくなり、ぐったりとしている天瀬さんとまだまだ食べ足りなさそうなトカゲくんたちがいた。

——あはははっ……、追加で買ってきて良かった……。

「八代、それはもしかして追加の肉なのか!?」

「お魚！　お魚はあるのです!?」

「もちろんだよ。どっちも買ってきたからね」

僕の姿を見つけたミィちゃんの声によって食事《せんとう》が再開されるのだった。

ついに決戦《ランチ》の日がやってきた。

なかなか布団《ふとん》から出る気が起きなかった。そうしたら、先にミィちゃんが起きるという珍事《ちんじ》が起こっていた。

「八代くん、大丈夫？」

「大丈夫だよ。ちょっと今日の昼が億劫《おっくう》なだけで……」

「八代を困らせる相手は私がぶっ飛ばすのだ！」

「本当にぶっ飛ばしそうだし、やめてね」

「仕方ないのだ」

これ以上寝ているとミィちゃんが何かしそうで怖かったので、仕方なく僕は体を起こす。

当然、ティナも起きており、僕の部屋に来ているようだった。

「お兄ちゃん、大丈夫なのら？」

「うん、全然平気だよ」

力こぶを作りアピールする。

すると何を思ったのか、ミィちゃんはそれを勝負の合図と受け取っていた。

「八代と戦闘なのだー！」

「絶対に戦わないよ!?」

僕がギリギリまで布団から出ようとしなかったこともあり、家を出てから駅まで必死に走ることとなった。

僕と一緒についてきたのはミィちゃんとクゥちゃんとティナで、ルシアとトカゲくんはお留守番だった。

絶望的な表情を見せるルシアを納得させるのに相当時間がかかってしまい、僕の家を傷なく守る、という任務を任せてようやく離れてくれた。

そのせいもあって、走らないと間に合わない時間になってしまったのだ。

「八代ー、遅いのだー！」

「八代くーん、早くなのですー」

「ま、待って……。みんなが早すぎるだけだよ……」

まだまだ余裕を見せて、僕の遙《はる》か前を走る二人と息を荒らげてなんとかくらいつく僕。

「お兄ちゃん、頑張れーなのら」

「う、うん、頑張るよ」

「あははっ。なら私ももっと頑張るのだー！」

「ミィちゃんはもう頑張らなくていいよ!?」

「く、クゥも負けないのですよ！」

ギリギリ時間には間に合ったもののまともに話せないほどに息が上がってしまうのだった。

待ち合わせた駅前の広場には疎《まば》らながら人がいるもののユキはまだ来ていないようだった。

――よかった。僕の方が早く来られた……。

流石《さすが》に怒らせてる相手を待たせるなんてこと、できるはずもなかった。

「どこにいるのだー!?」

「まだ来てないみたい」

特徴的なユキさんの容姿ならすぐ目に留まる。

しかし、周囲を見てもそんな見た目の人はいなかった。

時刻は十二時一分。

忙しい人だからもしかして遅れてるだけなのかも。

そんなことを思っていたら突然、後ろから声をかけられる。

「あの……」

「ひ、ひゃいっ!?」

思わず飛び上がりそうになるほど驚く。

振り返った先には長めの黒髪を帽子で隠したスタイルのいい女性がいた。

どことなく椎さんの面影《おもかげ》があるものの彼女よりしっかりした印象を受ける。

「もしかして、柚月八代さんですか？」

「あっ、はい。そうですけど、あなたは？」

「ファンなんですよ！　握手してください！」

「ええええっ!?」

自分にファンがいるなんて思ってなくて、驚きの声を上げている間に手を摑《つか》まれてしまう。

「本当に気づいていないんだ……」

「えっ？」

「それじゃあこのまま行こっか？」

「ちょ、ちょっと待ってください。僕はここで用事が――」

「ええ、知ってるわよ」

僕の顔をじっと見て軽くウインクしてくる。

そこで僕はようやく気づく。

「ゆ、ユキさ……」

途中で人差し指を口に当てられる。

「騒ぎになるから」

コクコク、と首を上下に振るとようやく人差し指だけは離してもらえる。

なぜか手は摑まれたままだが。

「さぁ、行きましょう♪　クゥちゃんたちもついてきてね」

「くぅ、なんでクゥの名前まで知ってるの？」

「もちろん、色々と調べたからよ。あっ、ミィちゃん。お肉、食べたくない？」

「食べるのだ!?」

「ならついてきて。良いお店、予約してあるの」

「ついて行くのだ！」

「あの……、僕の手はこのままなんですか？」

「もちろんよ。八代くんが攫《さら》われたら大変でしょ？」

「今あなたに攫われてますけど？」

「私はいいの」

抵抗する間もなく連れてこられたのはホテルに入っているレストランだった。

──な、なんか賞とったシェフの名前とか書いてあるんだけど、ここ、高くないの!?

気にした様子もなく先に進むユキさんにただただついて行く。そのまま流れるように奥の個室へと案内される。

僕とユキさんは向かい合うように座らされる。

僕の隣にはクゥちゃんが、そして、なぜかミィちゃんはユキさんの隣に座っている。

テーブルの上にティナが座っている。

すぐに料理が置かれる。

ミィちゃんの前には顔くらいの大きさがある超巨大肉が。

クゥちゃんの前にはまだ尾が動いている鯛《たい》の活《い》け造《づく》りが。

ティナの前にはレモンが浮かんでいる水がそれぞれ置かれた。

僕と雪さんの前には何かわからないけど大きなお皿にちょこっと料理が置かれていた。

肉を見た瞬間に必死に喰《く》らいつくミィちゃん。

これ以上ないくらいに幸せそうな表情を浮かべていた。

「これは今まで食べたどの肉より美味しいのだー!!」

クゥちゃんもなるべく粗相《そそう》のないようにゆっくりとした動きでお造《つく》りを食べる。

「すっごく美味しいのです……」

ティナもちょっと葉に水を垂らすと思わず頬を緩めていた。

「美味しいお水なのらー」

満足している三人とは違い、僕とユキさんには緊張が走っていた。

何も食べずにじっとお互いを見たまま、沈黙が流れる。

それを破ったのは僕だった。

「あの、ユキさん……。その……、あの時は配信に割って入ってしまい申し訳ありません」

頭を下げる僕を見て、ユキさんは大慌てで言う。

「あ、あれはむしろ私の方がお礼を言いたいくらいよ。助けてくれてありがとう」

ユキさんの方も頭を下げてくる。

「で、でも、僕が乱入しなかったらユキさんが怪我《けが》を負うこともなかったわけだし……」

「あれはあの場にいるはずのない大悪魔にやられたの。あなたにやられたのではないわ」

「それじゃあ、どうして僕は呼ばれたのですか？　僕、あなたに怒られるとばかり……」

「もちろんあなたのおかげで命が救われたからよ。お礼が言いたかったの」

「……それだけ？」

「あとは……そうね。あなたのことを知りたかったから、……かしら」

ユキさんのその言葉を聞いて、僕は緊張の糸が解けたようにテーブルに倒れ込む。

「だ、大丈夫？」

「うん、安心しただけで……、だ、大丈夫です」

「それならよかったわ」

「ところでどうして帽子を被《かぶ》っていたのですか？　えっと、すごく似合っていたのですけど、誰なのかわかりませんでしたし」

ようやく気になっていることを声に出すことができる。

すると、ユキさんは大きく目を開けたあと、呆れ顔を向けてくる。

「堂々と素顔を晒《さら》すと大騒ぎになるからね。変装もせずに堂々と歩くなんて、プライベートを暴《あば》いてくれって言ってるようなものなのよ？　家まで知らない人が来たりとかなかった？」

「うーん、僕は見てない……かな？　ミィちゃんはどう？」

「虫なら何匹か追い払ったのだ！」

「そっか……。やっぱり見たことないって」

「……少し心配ね。まさかここまで何もないなんて」

　ユキさんは頭に手を当てて少し考える。

「そうね。ならこうしましょう？　私とあなた、連絡先を交換しない？」

「えっ!?　ぼ、僕がユキさんと!?」

「そうよ。ダメかしら？」

「い、いえ、もちろん喜んで！」

　僕は急いでスマホを取り出す。

「連絡先はＲＩＮＥ……は入れてないのね。なら一旦《いったん》メールでいいかしら？」

「もちろんです！　……あっ」

「どうしたの？」

「あの……、どうやって連絡先を交換するのですか？」

「少しスマホを借りてもいい？　入れてあげるから」

「ありがとうございます」

――やっぱりユキさんって思ってた通り頼りになるなぁ。すごく優しいし。

そんなことを思っているとすぐにスマホが返される。

「これで大丈夫よ」

「ありがとうございます。えっと、神田月雪？」

新しく追加された人の名前がそのようになっていた。

ついでにＲＩＮＥも入れてくれたようだけど、そこのアイコンがなにかの幼女キャラだった。

僕がそれを見た瞬間にユキさんの顔色が真っ赤に染まる。

そして、急いで僕のスマホを取り上げて、確認をするとすぐさま自分のスマホを操作して、名前を『ユキ』に。

アイコンを自分の顔写真に変えていた。

「あの……、今のって？」

「忘れて……」

「アニメ、好きなんですね。僕も好きですよ。日曜に海賊《かいぞく》アニメとか見ますし」

「国民的アニメと一緒にしないで……」

ユキさんは両手で顔を隠していた。

今のは見たらいけないものだったらしい。

「だ、大丈夫ですよ。そういうのは人それぞれですし、好きなものがあるのはとってもいいことだと思いますよ」

「本当に？」

「もちろんです!!　ユキさんはとってもかっこよくて、でも可愛い女性だと思いますよ！」

そう応じると再びユキさんは顔を真っ赤にしていた。

しかし、今度は僕の顔を見て言ってくる。

「ありがとう……」

照《て》れたユキさんを見ていると僕も恥《は》ずかしくなってついスマホに視線を向けてしまう。

そこであるものに気づく。


〝神田月椎〟


数少ない連絡先を知っている僕の友達だ。

そんな彼女と同じ苗字《みょうじ》……。

偶然……なのかな？

「もしかしてユキさんって椎さんのお姉さんですか？」

「ええ、そうよ。本当は黙ってるべきことなんだけどね」

ユキさんは苦笑を浮かべていた。

「それってやっぱりさっき言ってたプライベートなこと、ですか？」

「そういうことね。あの子にはなるべく普通に過ごしてほしいのよ」

「おかわりなのだ!!」

大事な話をしていたときに突然ミィちゃんが大声を上げてその空気を壊していた。

一瞬固まる僕たち。でも、すぐさま二人して笑い始める。

「ふふっ、すぐに持ってきてもらうわね」

「そんなに食べたらお金が……」

そもそもここに来てからまともにメニュー表を見ていない気がする。

「あらっ、そんなの気にしなくていいわよ。今日は助けてもらったお礼って言ったでしょ？

もちろんここは私が持つわ」

「そ、そんなわけにはいきませんよ。ここは僕が――」

「それこそ八代くんにそんなお金、払わせられないわよ。大丈夫、前にもらった爪のお金でお釣りが出まくりだからね」

ここまで言われては僕も素直に引くしかなかった。

ただ、爪《ごみ》にそこまでの価値があるとは思えない。

――ユキさんが僕のことを思って言ってくれてるんだよね？　爪《あれ》にそんな何万円って価値が

あるとは思えないし……。

もしそうならば金銭問題は一気に解決する。

何せダンジョンの横穴の一つは現状、ゴミ捨て場となっている。

そこに爪がどのくらい転がってるのかわからない。

トカゲくんたちもよくわかってるようで、最近自分から爪をそこへ入れておくようになっていた。

だから爪の数は増加の一途《いっと》を辿《たど》っていた。

——ゴミとして捨てることができたら良いのだけど、粗大ゴミってお金取られるんだよね。

ただでさえ金欠なのにここで更にお金を使うわけにはいかなかった。

「あの……、本当にいいのですか？」

「ええ、このくらいのことしかできなくて申し訳ないけどね」

「じ、十分すぎますよ!?　本当にありがとうございます」

「ユキとやらは良い奴なのだ！　特別にミィちゃん様と呼んで良いのだ！」

「ふふっ、ありがとう、ミィちゃん」

「うむ、感謝すると良いのだ！」

言った名前で呼ばれてないけどいいんだ……。

僕は思わず苦笑してしまう。

「あ、あの、お兄ちゃん？」

「どうしたの？」

「ティナもおかわりしたいのら」

よく見るとティナのコップが空《から》になっていた。

「僕のも飲む？」

「うん、ありがとなのー」

ティナに僕のコップを渡す。

「八代くん。えっとその……クゥも」

「あっ、おかわり？」

クゥちゃんは恥ずかしそうに頷《うなず》いていた。

「わかったよ。クゥちゃんの分も頼むね」

「その子が私の怪我を治してくれた子ね」

ユキさんは視線をクゥちゃんへと移す。

すると、クゥちゃんが怯《おび》えたように僕の後ろに隠れる。

「助けてくれてありがとう」

「八代くんが助けてあげてって言ったからなのです」

「それでも助けてくれたのはあなた、だから――」

「……クゥちゃん」

「えっ？」

「クゥちゃんって呼んでほしいのです」

「わかったわ、クゥちゃん」

「うん、なのです！」

恥ずかしそうなクゥちゃんは照れくさいのを隠すように新しく届いたお造りを食べるのだった——。


「今日は本当にありがとうございました」

「堪能《たんのう》したのだ！」

「ありがとうございますなのです」

「美味しかったのら」

お店から出ると僕たちはユキにお礼を言う。

「気にしないで。私も楽しかったわよ」

ユキさんも笑顔を見せてくる。

「それじゃあ僕たちは失礼します」

「ええ、また連絡するわね」

手を振って見送られる。


そのまま家へと帰ろうとしていると突然、男女四人組が僕たちに近づいてくる。

「柚月八代くんだね。僕たちはSランク『月夜の光』。君を勧誘しに来た。僕たちとダンジョン攻略しないか？」

「えっ？　えええええ!?」

あまりにも突然の勧誘に僕は思わず大声を上げてしまう。

「えっと、人違いじゃないですか？」

聞き返してしまうが、話しかけてきた男の人は首を横に振る。

「間違いなく君だよ、柚月八代くん。この動画と同じ人でしょ？」

見せられたのは僕の配信映像だった。

「た、確かにそれは僕ですけど、その……、僕には戦う力はありませんし、そもそも戦うつもりもないんです。だからその……、ごめんなさい」

素直に謝るが、それでも男は食い下がってくる。

「それで構わない。一度でいいから一緒に来てほしい」

「やっぱり僕はダンジョンには行けないです」

「そこをなんとか……」

「八代は行けないって言ってるのだ」

僕が困っているとミィちゃんが彼らの前に立ち塞《ふさ》がってくれる。自分の存在を無視された苛《いら》立《だ》ちがやや出ていた気もするけど。

するとミィちゃんの言葉を合図にクゥちゃんも僕の前に立ってくれる。

「八代くん、困ってるのです！」

「ぶっ飛ばすのだ！」

「ミィちゃん、絶対にしたらダメだからね」

「お兄ちゃんを困らせるのはティナが許さないの！」

「べ、別にそんなに困ってないからティナも手は出さなくていいからね」

三人が下手に暴れてしまいそうだからなんとか宥《なだ》める。

それに相手はSランク探索者なのだから下手をするとミィちゃんたちが怪我をしてしまうかもしれない。

そんな危険なことをさせられない。

「仕方ないね。今日のところはお暇《いとま》させていただくよ。またいずれお邪魔させていただくね」

「また来られても僕の答えは変わらないですよ」

「今度はお土産《みやげ》でも持って行くよ。君の気持ちが変わるようなやつを、ね」

「お土産!?　肉なのだ!!」

「違うのですよ。きっと獲《と》れたてのマグロなのです！」

ミィちゃんが真っ先に反応してそれにクゥちゃんが抵抗している。

本当に相変わらずである。

しかし、それを相手が否定してしまう。

「いえ、食べ物だと食べたら終わりになってしまいますから。私たちが安心できるパーティーであるという証拠の品をお持ちします」

「興味ないのだ」

「残念なのです」

ミィちゃんの興味から外れてしまったようだ。

「わかったの。きっと新しい井戸を作ってくれるのら。とっても美味しい水が出るのら」

「それは工事業者にでも頼むといいよ」

「残念なのら」

ティナの興味からも外れてしまったようだった。

つまり誰もその証拠の品というものに興味を持っていないことになる。

――僕？　僕が興味あるのはたくさんのお金かな？　食費がとんでもないことになってるし。

「では、失礼しますね」

頭を下げてSランクパーティー、『月夜の光』は去っていった。

閑話　月夜の光

Sランク探索者、『月夜の光』は致命的な問題に悩まされていた。

「どうしてこんなにお気に入りが増えないんだ!!」

リーダーの如月《きさらぎ》伊月《いつき》は頭を抱えていた。

「やっぱり顔だろ？」

もう一人の男である伊藤《いとう》水樹《みずき》はパソコンを操作しながらため息交じりに言う。

「いっちゃんは三枚目だしね」

紅一点《こういってん》の姫乃《ひめの》二葉《ふたば》は自身の爪《つめ》にマニキュアを塗りながら言う。

「せめて一人でも動画映《ば》えする奴《やつ》がいれば良かったんだけどな」

メンバーの中では比較的小柄な前田《まえだ》司郎《しろう》は携帯ゲームを触りながら言う。

この四人は大学の時からの友人で、そのままパーティーを組んだ形であった。

前衛《ぜんえい》に如月と姫乃、後衛《こうえい》に伊藤と前田というバランスの良さが持ち味で地味ながらも着実に実力をつけていった。

元々才能もあったようで、気がつくと日本でもトップクラスの探索者に上り詰めていた。

ただそこまで行くと自分たちの限界が見えてしまう。

致命的な欠点。堅実で着実にダンジョンを攻略していくその姿はあまりにも地味すぎて、現在探索者のメイン収入となっているダンジョン配信での稼《かせ》ぎがほとんどなかったのだ。

素材採取だけでも十分すぎる収入を得ることができたが、そこまでである。

より高みへ上るためには配信で稼ぐ必要があるのだ。

しかし、彼らの容姿はせいぜい中の中。

プリンみたいに染めた金髪を邪魔にならない範囲で伸ばしている、背の高い如月。

丸縁眼鏡《まるぶちめがね》が特徴的な黒髪の平均身長ほどの伊藤。

長めの茶髪をポニーテールにしているギャルギャルしい姫乃。

小柄でずんぐりしている前田。

リーダーの如月は中の上ほどの容姿ではあるのだが、口を開くとすごく残念なのだ。

その結果がSランク探索者でありながら、同Sランク内で最低のお気に入り数。いや、それだけならまだしも、Aランクと比べても下から数えた方が早い。

打開策を考えようにも容姿を変えることはできない。

確立された戦闘スタイルを崩《くず》せばダンジョン内で危険を招くことになる。

つまり打つ手なしの状況だった。

研究がてらダンジョンの人気配信を四人は片っ端から見てみた。

同じSランクでライバルである『明けの雫《しずく》』はもちろん、人気上位に上がっているAランクの『ユキ』やBランクの『御影《みかげ》』、Cランクでありながら圧倒的なお気に入り数を誇っている『猫派の隼《はやぶさ》』など。

そこで集めた情報によると、人気の理由として一番目にくるのはやはり『容姿が良い』ということだった。

二番目は『派手《はで》で特徴的な戦闘スタイル』。

三番目に『ダンジョン内でダンジョンらしくないことをする』というものである。

唯一《ゆいいつ》できそうなことは三番目なのだが、これは二番煎《せん》じだと効果がない。

常に新しいことに挑戦しないといけないが、それは厳しい。

「良い方法がないな。お前たちはどうだ?」

「俺はダメだな。二葉はどうだ?」

「この子、可愛《かわい》くない?」

「最近話題の八代《やしろ》たんだな」

姫乃が見ているのは探索者と全く関係ない少女? の遊び配信だった。

少女とトカゲが楽しそうに遊んでいる。

「って、トカゲ?」

如月が不思議そうな声を出す。

可愛いペットでもなければ、強そうでもない。そんな動画の視聴数が既《すで》に数十万を超えているのだから声を上げずにはいられなかった。

「これって確かに小さいがドラゴンじゃないか!?」

「そうみたいね」

「そうみたいって姫、さすがにこれはやばいだろ！」

「どこが？」

「どこがってドラゴンだぞ!?　俺たちが苦労してなんとか倒せるような相手だぞ!?」

「これはアーカイブよ。今騒いだところで仕方ないでしょ」

「くっ、こんな幼い子が犠牲《ぎせい》になってしまったのか」

伊藤が眼鏡を上げ、涙を拭《ぬぐ》っていた。

「そうでもないのよ。ドラゴンはこの子が使役《しえき》してて、しかもこのドラゴンは人化するの」

姫乃の言葉通り、実際に配信画面でも可愛らしい子供の姿に変わっている。

「なるほど！　つまりこの子はこのドラゴンに脅《おど》されて配信させられてるんだな！」

それ以外にドラゴンがこの子を食べない理由はない、と如月は確信する。

もちろんそれは妄想《もうそう》以外の何物でもなかったのだが。

「この子を助け出して僕たちの配信に出てもらう。なんだったら普段のダンジョン配信とかでも出てもらうのはどうだ？」

「こんな戦えなさそうな子にか？」

「別に戦闘なら僕たち四人がいれば何も問題はない。僕たちに足りないのは華《はな》だ！」

「でも、仮によ。仮にこの子が本当はドラゴンに脅されてるのだとして、そんな状況で私たちの方へ来てくれるの？」

「普通のやり方だと無理だろうな。ただ、一度誘えばそれもすぐにわかるんじゃないか？」

「どういうこと？」

「僕たちはSランク探索者だ。その誘いを断る奴なんていないだろう？」

「……はっ!?」

「……確かに」

「でもすぐ側《そば》に人化ドラゴンがいるんだろ？　襲《おそ》われないか？」

「それは大丈夫だ。襲うつもりなら既に町は焦土《しょうど》と化している。つまり、このドラゴンは町中《まちなか》では暴れるつもりはない。今のところは、だけどな。だからこそ初めは普通に誘う。それでダメなら僕たちがドラゴンを優に討伐《とうばつ》できる力があることを証明する」

「ドラゴン討伐の証明って爪とか牙《きば》よね？　もう売り払ってないわよ？」

「それなら今から倒しに行くしかないだろ？　まぁ数日あれば帰ってこられる。それの準備を終えたらこの子の救出に行くぞ！」

「全く、一度決めたら頑固《がんこ》なんだから。ほらっ、みずきち、しろたん、行くよ」

「本当にこれ、脅されてるのか？」

伊藤は楽しそうな笑みを見せる少女を見て、疑問に思いながらもリーダーの言うことだから、と彼に従ってダンジョンへと潜っていった。

その結果、最短の二日でドラゴン討伐を果たし、ドラゴンの爪を手に入れることができた。

これを見せたら彼女も助けを求めてくれるだろう。

そのときに改めて言おう。「君が欲しい」と。

色々と勘違《かんちが》いされそうな言葉ではあるが、如月の中ではこれが一番かっこいいセリフだと信じられていた。これが彼が三枚目と言われている所以《ゆえん》でもある――。

「さて、この子のいる場所は……、案外近くに住んでるんだな」

碌《ろく》に隠そうともしていないこの子の個人情報は某掲示板を調べたらすぐに出てきた。

それこそ配信開始の次の日には、住所や名前すら割り出されている。

それでも未《いま》だに彼女を救出できたという情報だけは出てこなかった。

「柚月《ゆづき》八代っていうのか……。僕たちの配信のマスコットには君以上の存在はいないな。必ず僕たちが助けてやる！」

全《すべ》てが彼の妄想であるということに気づかないまま、Sランクパーティー『月夜の光』は死地へと飛び込んでいくのだった――。

第七話　決戦『Sランクパーティー、月夜の光』

家に帰ってきた僕はルシアにいつもと変わったことがないか確認をしていた。

「なにか変わったことはあった？」

「そうですね。どうやらトカゲ様方の住居が完成したようでして、主様《あるじ》にぜひ一度来ていただきたいと言っていましたね」

「ずいぶん完成が早かったけど、みんな無茶してないよね？」

「なんとお優しいお言葉。このルシア、主様のそのお言葉をしかと皆に言い聞かせるようにさせていただきます」

仰々《ぎょうぎょう》しく頭を下げてくるルシア。

「あと、これはルシアにお土産《みやげ》だよ」

正直、服などで予算オーバーしてしまい、ルシアに買えたのは百円で買えるコップだけだった。

さすがにこれでは悪いと思って、いずれもっと良いものを買ってあげようと考えてはいるのだが、ルシアは歓喜《かんき》に震えていた。

「こ、こ、こちらを私めに下賜《かし》していただけると?」

「そ、そんな大げさなものじゃないよ。ルシアは色々と手を貸してくれてるからもっと良いものをあげたかったのだけど、今の僕じゃこれが精一杯《せいいっぱい》だったんだよ」

「いえ、こちらのコップは家宝として一生大切に保管させて頂きます」

「いやいや、別に割れても良いものだから普段使いしてくれると嬉《うれ》しいな」

「うぐっ……、し、しかし、初めて主様から頂いた、一生に一つのもの……。しかし、主様の命《めい》もまた絶対……」

悩みすぎてルシアの表情がころころと変わっていた。

「わかったよ。それは保管しておいてくれて良いよ。明日もう一つ別のを買ってくるから」

「一つならず二つも下賜いただけるなんて。このルシア、感動の涙が止まりません」

「ぼ、僕にどうしろと……」

「そういえばこちらはご報告する価値もない情報なのですが、ダンジョンに少々小うるさい侵《しん》入者《にゅうしゃ》が現れるのですが、こちらは我々の方で追い払ってよかったでしょうか?」

「前にミィちゃんも言ってたけど、虫が出やすい環境なのかな?　僕がどうにかしようか?」

――蚊《か》取り線香とか虫除《むしょ》けスプレーとか買ってきたら良いかな?

そんなことを考えているとルシアが必死に首を横に振る。

「いえ、主様のお手を煩《わずら》わせるようなことではありません。我々の方で駆逐《くちく》しておきます」

「そっか。よろしくね。もし困ったら僕に言ってくれたら良いからね」

「かしこまりました。このルシア、必ずや侵入者《ごみむし》らを葬《ほうむ》り去ってみせます」

これでトカゲくんたちがいきなり変な虫に襲《おそ》われることもないかな？

夜になると僕はベッドに横になりながら、カタッターのＤＭでユキさんに今日のお礼のメッセージを送っていた。
柚月《ゆづき》：『今日はありがとうございました。ミィちゃんたちまでランチをご馳走《ちそう》になってしまい申し訳ありません。次は僕がご馳走させてください』

これでいいかな？

僕はそのままスマホを置いて寝ようとする。

すると次の瞬間、スマホが震え出した。

「くぅう？　八代《やしろ》くん、もう朝なのです？」

「まだまだ夜だからゆっくり寝ててくれていいよ」

僕のベッドでなぜか寝ているクゥちゃんをもう一度寝かせるとスマホの画面を見ていた。

さっきメッセージを送ったところなのにもうユキさんから返事が来ていた。

──早くない⁉　ユキさん、ずっとスマホを見てるの⁉

メッセージを見ると確かにユキさんからのものだった。

ユキ：『こちらこそありがとう。楽しかったわ』
ユキ：『そんな堅苦しい感じにならないで、もっと気軽に連絡してね』

気を遣《つか》ってくれているのだろう。

探索者の知り合いがいない僕としては安心して色々聞ける人がいるというのはとても頼もしい。

天瀬《あませ》の「私を忘れないでください」という声が聞こえてきそうだが、DSUの職員と実際にダンジョンに入ってる人とではまた感覚も違うはずだ。

──そういえば、今日探索者の人に勧誘されたなぁ。

僕は全然知らない人たちだったのだが、ユキさんなら知ってるかもしれないと思い、聞いてみることにした。

柚月：『今日、「月夜の光」って人たちに探索者のパーティーに入ってくれないかって言われたんですけど、ユキさんってこの人たちを知ってますか？』
ユキ：『八代くんとパーティー!?　それなら私が組みたい』
ユキ：『ごめん、打ち間違い』
柚月：『打ち間違い、僕もよくします』
ユキ：『だよね』
ユキ：『えっと、「月夜の光」のことだったわね』
ユキ：『探索者の中だとトップクラスの実力を持ってるパーティーね』
柚月：『Sランク探索者って言ってましたね』
ユキ：『日本でたった十人しかいないSランク探索者の四人ね』
ユキ：『全員がSランクというのも「月夜の光」だけなの。それほどの実力者パーティーよ』
柚月：『すごい人たちですね。でもそれだと尚更《なおさら》僕が誘われる理由がわからないんですが？』
ユキ：『実力はすごいけど、どうも地味なのよ』
柚月：『ふぇっ？　地味??』
ユキ：『本来人気が出て当然のSランク探索者なのに、ダンジョン配信がまともに見られていないほど地味なんだよ』
柚月：『それなら僕も地味ですよ？』
ユキ：『何言ってるのよ、人気配信者』

ユキ：『急上昇ランキングを総なめしておいて人気がないなんて言ったら彼らが怒るわよ』
柚月：『あれはみんなのおかげですし』
ユキ：『私が知ってることはこれくらいね』
ユキ：『お役に立ててたかしら?』
柚月：『とっても助かりました。ありがとうございます』
ユキ：『ふふっ、それじゃあおやすみなさい』
柚月：『はいっ！　おやすみなさいです』

僕はスマホを閉じると今教えてもらった情報をまとめる。
どうやら彼らはダンジョン配信の人気が欲しいようだった。
それで僕に声をかけてきたということは、みんなに出演してほしいということだろう。
——なんだ、やっぱり僕自身に加入してほしいってわけじゃないんだ。
そのことがわかり安心した僕はミィちゃんの隣で眠りにつくのだった。

ドゴォォォォォォン!!

「な、何が起きたの!?」

朝、突然の爆発音で僕は思わず飛び起きていた。

「くぅぅ、うるさいのです……」

「戦いなのか!?」

「クゥちゃん、なんかダンジョンの方で爆発が起きたんだよ。一緒に来てくれないかな?」

「わかったのです……」

「私も行くのだ!」

まだまだ眠そうなクゥちゃんを背負うと僕はパジャマのまま、外へと出る。

すると、庭の方からティナが声をかけてくる。

「お兄ちゃん、何があったのら?」

「僕もわからないんだよ。今から見に行くところだよ」

「それならティナも一緒に行くのら」

ティナは庭から出ると服についた砂を払った後、僕の腰のポケットの中に入ってくる。

そして、ダンジョンの中を見ると先ほどの爆発の理由がわかった。

中ではかなり激しい戦闘が行われていたのだが、トカゲくんやルシアと戦っているのは昨日僕を勧誘してきたSランクパーティー、『月夜の光』だった。

「この苦難を乗り越えて、僕は必ず八代姫を救うんだ!!」

——ちょっと待って!? 僕、勝手に姫にされてるんだけど!?

一瞬引いてしまったのだが、ユキさんが強いと言っていたのは本当のようで、トカゲくんとなかなかいい勝負をしているようだった。

「どういうこと⁉　みんな、戦うのはやめてよ⁉　どうしてこんなことになってるの？」

「あっ、八代姫。ご無事でしたか」

「主様、昨日お話しした通り侵入者《ごみ》の排除を行なっておりました」

「ひ、人はゴミじゃないからね！　あとそっち！　僕は姫じゃないよ！」

ガックリと項垂《うなだ》れるルシアを無視して、僕の視線は『月夜の光』へと向く。

「昨日お話ししてたお土産をお持ちしたのですが、危険な悪魔の気配を感知しましたので討伐《とうばつ》しようとしてました」

「うん、確かにルシアは悪魔だけど、危険じゃないからいきなり襲ったらダメですよ！」

「それが八代姫のご命令ならば――」

なんだろう、このルシアがもう一人増えた感じ……。

「えっと、僕の気持ちが変わるような品……だったよね？　一体何を持ってきたの？」

「はい、こちらにございます。これで我々の力をおわかりいただけるかと」

『月夜の光』のリーダーである如月《きさらぎ》さんが見せてきたのは成龍の爪《つめ》だった。

それを見た僕は全《すべ》てが繋《つな》がった。

もしかして、この人たちはこの粗大ゴミ《 》の扱いに困ってダンジョンに捨てに来たのだろうか？

ルシアもゴミを排除するって言ってたし。

ちょっとお互いが勘違《かんちが》いして、戦いになっちゃっただけなのだろう。

「なんだ、それなら早く言ってくださいよ。ついてきてください。案内しますよ」

「おぉ、やっとわかってくれたか」

僕の後ろを『月夜の光』がついてきて、ダンジョンの奥へと進んでいく——。

「ほ、本当についていって大丈夫なのか？」

「し、知らないよ。このダンジョン、ほとんど情報がないの」

後ろの方で不安げに話し合う『月夜の光』の伊藤《いとう》さんと姫乃《ひめの》さん。

一方の如月さんは僕の隣でやたら親しげに話しかけてくる。

「ここは一体どこなんだ？」

「僕の家にできたダンジョンですよ？」

「危険じゃないのかい？」

「特に危険は感じたことがないですね」

「しかし、ドラゴ……、こほんっ。そこの少女とかなかなかの力を持ってると思うが？」

「んっ、呼んだのだ？」

その言葉に反応したミィちゃんが、如月さんをジッと見る。

「誰なのだ、この残念そうなのは」

「喧嘩《けんか》を売ってるのか!?　よし、買ってやる」

「ちょ、ちょっと待って！　ここで暴れるのはなし！　なしだからね！」

「むう、八代が言うなら仕方ないのだ」

「それが八代姫のご要望でしたら」

喧嘩が収まって僕はホッとする。

「おいっ、あいつレッドドラゴンに喧嘩売ろうとしてたぞ？」

「私たちだけでも逃げる準備するよ」

少し離れて後ろをついてきていた二人はそのまま背後を振り向き、逃げようとしていた。

すると……。

「ひぃっ!?」

「な、なんでこんなところにドラゴンの群れが!?」

「バカいっちゃん！　戦うよ！」

「任せておけ！　良いところを見せてやる」

剣に手をかける如月さんと姫乃さん。その横手で前田《まえだ》さんが杖《つえ》を持って呪文《じゅもん》を唱《とな》えている。

後方では伊藤さんが周囲の状況を確認しつつ腰の銃に手をかけていた。

何があったのかと僕もそちらを振り向く。

すると、そこにはトカゲくんたちがいた。

「あっ、トカゲくんたち、どうしたの？」

「がうがうっ！」

集まってきたトカゲくんたちは二桁《けた》に届きそうな数だった。

なにか話しかけているみたいだけど、もちろん僕は何を言われているのかさっぱりである。

「襲撃者《しゅうげきしゃ》が現れたからみんなで応援に来た、と言ってるのだ」

ミィちゃんが彼らの言葉を翻訳《ほんやく》してくれる。

「あっ、そうなんだ」

おそらく爪《ごみ》を捨てに来た『月夜の光』のことを襲撃者と思い込んでしまったのだろう。

「この人たちは大丈夫だよ。ゴミ捨て場に案内するだけだから」

「がふっ」

トカゲくんたちは頷《うなず》くとみんな家へと戻っていった。

「助かった……の？」

姫乃さんが思わずその場に座り込む。

――突然体長が一メートルを超えてるトカゲくんたちが現れたんだもんね。苦手な人だと怯《おび》えてしまうかな。

ちゃんとトカゲくんたちがいることを事前に説明しなかったのは僕のミスだった。

「すみません。先に言っておくべきでしたね。ここにはたくさんのトカゲくんがいるんですよ。

みんな良い子で襲ってきたりしないですけど、怖かったですよね」

僕は姫乃さんに手を差し伸べる。

彼女はその手を摑《つか》むとすぐに立ち上がっていた。

「ありがとう。確かに恐ろしかったわね」

「……トカゲ？」

伊藤さんが首を傾《かし》げる。

「いやいや、今のはどう見てもドラゴンだろ？」

「でも、八代姫がトカゲと言ってるんだからトカゲということにしておくべきだろ？　ここに何をしに来たのか忘れたのか？」

「あぁ、彼女の勧誘だな。でも、この様子だと脅《おど》されている……というよりは彼女に懐《なつ》いてる、という風にも見えるが？」

「それならそれで構わないじゃないか？　彼女は数字が取れるんだ」

「た、たしかにこれほど凶暴な魔物たちすら懐くなら俺たちも彼女を気にせずダンジョン攻略に乗り出せるしな」

「ただ、こんなにドラゴンがいたんじゃ爪ではなびかないんじゃないか？」

「それならわざわざダンジョンの中へ案内してくれないだろ？」

「そうなのか……？」

あまり自信が持てない伊藤さんや前田さんだったが、如月さんの方は確信めいたものを持っているようだった。

「あの子、どう見ても僕に惚《ほ》れてるだろ？」

如月さんの確信は気のせいであった。

伊藤さんは思わずため息を吐く。

「まぁ、せいぜい頑張ってくれ。できれば俺たちとは無縁《むえん》のところでな」

「おう、任せておけ！」


トカゲくんたちの住居からほど近い一本の横道に入り、まっすぐ進んでいくと見たことがない大空間に出た。

「あれっ？　ここは？」

「ごぶー！」

首を傾げる僕に一匹のゴブリンが向かってくる。

ここにはゴブリンなんていなかったはずなのに？

疑問に思っているとルシアが答えてくれる。

「彼らは我が眷属《けんぞく》にございます。侵入者《むし》からここを守るために連れて参りました。主様には絶対服従を誓《ちか》っておりますので、ご安心ください」

「ごぶー！」

何だろう。小鬼ともいわれるゴブリンなのだが、懐かれるとこう愛嬌《あいきょう》のようなものを感じる。

さらにルシアが連れてきたのなら住んで間もないはずなのに立派《りっぱ》な家が建ち並んでいた。

「もしかしてこの家ってゴブリンくんたちが作ったの？」

「ごぶーっ！」

どうやらそうらしい。

大空間にはうちのような木造住宅がいくつも建ち並んでいた。

「えっと、なんでゴブリンが家を持ってるの？」

姫乃さんが思わず聞いてくる。

「自分たちで建てたんだよねっ？」

「ごぶごぶっ！」

ゴブリンが頷いていた。

「中、見させてもらってもいい？」

「ごぶーっ!!」

見てくれと言わんばかりにゴブリンは姫乃さんの手を掴んで引っ張っていく。

「姫!!」

「二葉《ふたば》！」

ゴブリンに彼女を連れ去られたと思ったのか、『月夜の光』の人たちも後に続いていた。その手には武器が握られたままである。

「あっ、僕も行くよ」

慌《あわ》てて彼らの後に続くが、僕の足だと距離が離される一方だった。

「す、すごい……」

中を見た姫乃さんは思わず声を漏《も》らしていた。

一般的な木造住宅。魔素《まそ》力を使ってのオール魔力で電化製品も使い放題。ベースが柚月の家だけあって、リビングは広く、二階には寝室が三つ。ゴブリンが暮らすには十分すぎるほどの住宅がそこにはあった。

「いっちゃん、みずきち、見てよ。これ、すごいよ」

「お前、ゴブリンに連れ去られたんだぞ！　少しは自分の身を心配しろ」

「大丈夫だよ、このゴブ太郎《たろう》は良い子だよ。ねーっ」

「ごぶー」

なぜか意気投合している姫乃さんとゴブリン。

「ねぇねぇ、やしろん」

「なんでしょうか？」

「ゴブ太郎がいたらこの家って建てられるの？」

「えっと、どうだろう？　これだとトカゲくんや精霊さんの力も借りたんじゃないかな？」

ゴブリンの方に視線を送りながら話すと頷いていた。

「そっか……。うちの家もこんな感じにしたかったのに」

「場所だけ教えてくれたら今度ゴブくんたちと一緒に行きますよ？」

「いいの!?　やったー！」

手を摑まれて振られるとそのまま僕の体まで上下に動く。

やはり探索者をしてるような人だと僕なんかと比べたらとんでもない力を発揮《はっき》するようだ。

「えっと、ゴブ太郎、でいいのかな？　名前？」

「ごぶっ！」

姫乃さんにゴブ太郎と命名されたゴブリンに聞くと頷き返してきた。

――たくさんいると一人一人呼ぶことができなくて困るんだよね。でもたくさんの名前を考えるのは大変だし……。

こうやって名前を付けてくれて、それを気に入ってもらえるならそれが一番楽で良かった。

「なぁ、二葉がすっかり懐いてしまったぞ？」

「これも八代姫の力だな」

「どちらかといえばゴブリンパワーだが」

「まぁ、姫ならゴブリンに襲われても軽くいなして反撃しただろうけどな」

「それは違いないな」

二人は笑い声を上げる。

そんな二人のすぐ後ろにはいつの間にか移動していた姫乃さんの姿があった。

「ねぇ、二人とも。なんだか面白《おもしろ》そうな話をしてるじゃない？　私も混ぜてくれる？」

「い、いや、別に大した話はしてない……かな？」

「そうそう、何かあったら助けないとって話してただけだ」

「そんな話じゃなかったと思うけど、まぁ今は機嫌がいいから許してあげる」

笑顔のまま姫乃さんは僕の横へと戻ってくる。

一方、残された二人は真っ青な表情を浮かべていた。

「あの……、大丈夫ですか？　体調が悪いなら別の日にでも……」

「いや、問題ない。案内を続けてくれ」

「わかりました。では、こちらに来てください」

そして、僕たちはいよいよゴミ捨て場《もくてきのばしょ》へとたどり着く。

そこに置かれている山のように積み上がったミィちゃんたちの爪を見て、如月さんは口をパクパクとさせていた。

あまりにも信じられない光景に持っていた龍の爪を落としてしまう。

「えっと、これは？」

「恥《は》ずかしい話ですけど、これを処分しようと思ったら大変なことになると思いまして――」

　一体どれだけ粗大ゴミとしてお金を取られるか考えたくなかった。

「これだけあると、色々と大変なことになるな……。一度に処分するのは難しそうだ……」

「それで置く場所にも困るのでここに不法投棄《ほかん》してるんですよ。ってあれっ？　みなさんはそれを知っててここに来たんじゃないのですか？」

「あ、あぁ、も、もちろん知ってたぞ。なぁ？」

「う、うん、そうね。知ってたわよ」

「そ、そうだな。当然だ」

「ですよね。どこかの配信に映っちゃったのかな？」

　僕が頭をめぐらせている間に四人は固まってヒソヒソと話し合っていた。

「どうするんだよ。やっぱりあの爪じゃ全く興味を引かなかったじゃないか」

「私は家を作ってもらう話ができたから満足よ」

「これはできればしたくなかったが、男には引けない戦いがあるんだ……」

　如月さんは一歩前に出ると僕に向けて指を差してくる。

「八代姫、あなたを賭《か》けて決闘を挑みたい！」

「ふぇ？　け、決闘、ですか？」

「ああ、そうだ」

「私がやればいいのか？」

ミイちゃんが僕の前に立つ。

「八代くんを守るためならクゥは全力を出すのです」

クゥちゃんは魔力を溜《た》めているのか白く輝き出す。

「お兄ちゃんを虐《いじ》めるならティナが許さないのら」

ポケットからティナも顔を出す。

「ちょっと待て、何を言い出すんだ!?」

「言っただろ？　男には引けない戦いがあると」

「そうね、確かにあるのかもね」

「でも、俺たちは自殺志願者じゃないぞ？」

姫乃さんがまっすぐ進んできて、僕の隣に立つと剣を抜いて如月さんたちの方を向く。

「私はもちろんやしろんにつくわよ。だって家作ってもらうんだし」

「じゃあ俺もそっち……って、引っ張るなよ!?」

伊藤さんまでも僕の方へ来ようとしていたのを如月さんが必死に止めていた。

「えっと、本当にするのですか？」

「も、もちろんだ。ただ一対一で四回勝負する、とかはどうだ？」

「うーん、どうしよう？」

「面白そうなのだ！」

「お、お兄ちゃんに任せるのら」

「でも、それだと僕についてくれるって言ってる二人に悪い気もするし……」

僕が悩んでいると如月さんが伊藤さんと姫乃さんを捕まえてコソコソ話し出す。

「お前たち、冷静に考えろ。これは八代姫とのコラボ配信だぞ!?」

「はっ!?」

「でも、やしろんと戦いたくなんてないわよ？」

「そもそも勝てない戦いだろ？」

「だからこその景品だ。八代姫は直接戦いには参加しない。相手が魔物たちならみんな僕たちを応援してくれる。つまり僕たちの人気もうなぎ登りというわけだ」

「そう上手《うま》くいくかしら？　一対一でドラゴンの相手なんてできないわよ？」

「そこはもう負けるものとして計算するしかないな。他で取り戻せば良い」

「他ってドラゴンが何体いたと思ってるんだ!?　ドラゴンを並べられただけで俺たちに勝ち目なんてないぞ？」

「そこは決闘だからルールを設けることができるだろ？　一種族一体まで、とか」

「お前、天才か!?　それならドラゴンと精霊と悪魔とゴブリンか」

「そういうことだ」

カーバンクルであるクゥちゃんをなぜかドラゴン換算していることにまるで気づいていない四人であった。

ひそひそ話を終えて、今度こそ四人纏《まと》まって言ってくる。

「せっかくだからコラボ配信とかにしてお祭りのように戦う、とかはどうだろう?」

「コラボ……」

——人気配信者の人ってたまに有名な人とコラボしてるよね? この人たちもSランクパーティーで有名な人たちだし。

「えっと、僕は構いませんけど、みんなはそれでいいの?」

「いいのだ!」

「いいのです」

「もちろんなのら」

即答してくる。

楽しめると思っているのだろう。

「えっと、あなたたちもそれで良いのですか?」

「俺は構わないぞ」

「えっと、これ受けてもおうちの件は——」

「もちろんそれはまたあとで詳《くわ》しい話をしましょう」

「ありがとー！　それなら思いっきり楽しみましょう」

こうして『決闘』という名目で僕たちのコラボ配信が決まったのだった。

それから一日かけて僕たちは配信のルールを決めた。

まずは、相手を殺すのはＮＧ。

これは大前提だった。そのことには『月夜の光』の面々もホッとしている様子だった。

次に魔物たちは一種族一体まで。

これは配信の絵的にも同じ魔物が並ぶのはどうか、という提案の下《もと》に決められた。

それ以外なら誰が出ても良いようだ。

最後に景品は僕らしい。

勝った人が僕と一日付き合う権利らしい。

なぜか『月夜の光』側もクゥちゃん側もそれを望んだからである。

必死に抵抗したのだが、ここは変わることがなかった。

「では、配信は今晩、ということでいいでしょうか？」

「もちろん！　僕たちが絶対に勝つ」

「私が負けるはずないのだ！」

「あっ、これって一応ＤＳＵにも話をしておかないといけないですか？」

「ダンジョンでのことだから別にいい気もするけどな」

「そうそう、専属の職員っていっても大物の魔物を狩った時くらいしか姿を見せないもんね」

「えっと、僕の担当さんは毎日のように会いに来るんですけど？」

「それは毎日大物の魔物と出会ってるからじゃないかしら？」

姫乃さんが苦笑しながらミィちゃんたちを見ていた。

「と、とにかくすぐ近くだから話すだけ話しますね」

そして僕たちはそのまま天瀬さんに話に行くのだった。


「あの……、柚月さん。そちらの方々って私の目がおかしくなってなかったらSランク探索者の『月夜の光』さんじゃないですか？」

呼び鈴を鳴らすといつもよりラフな格好《かっこう》をした天瀬さんが出てきて、僕たちの姿を見た瞬間に固まっていた。

「やっぱりわかるんですね」

「い、い、一体、柚月さん。彼らに何をしたのですか!?」

「お、落ち着いてください。僕はまだ何もしていませんよ……」

「良かった。……まだ？」

「コラボ配信することになりまして——」

「あっ、なんだ。コラボ配信ですか。それなら――」

「はい、それで決闘を――」

「アウト!!　それはアウトです!!」

天瀬さんが僕の目の前にバッテンを作って言ってくる。

「えっと、これは僕の提案じゃなくて、『月夜の光』の皆さんからの提案なんですよ」

「わかってますか？　いいえ、絶対にわかってないですね。あなたたちはなんですか!?　自殺志願者なのですか!?　絶対にやめてください」

「ちゃんとその辺《あた》りもしっかり取り決めてある。相手が即死する攻撃はしないとか、な」

「それじゃあミィちゃんさんたちは参加しないのですね!?」

天瀬さんの目に希望の光が灯《とも》る。

「私は参加するのだ！　楽しみなのだ！」

「どうやって防ぐんですか。通常攻撃が全体攻撃で即死攻撃のミィちゃんさんですよ!?」

簡単に希望が打ち砕《くだ》かれた天瀬さんはさらにグイグイと僕の方へ詰め寄ってくる。

するとその言葉に対して姫乃さんがきっぱりと言う。

「それはリーダーが気合いで防ぎます」

「僕が相手するのか!?　いや、順番はクジで決めるからまだわからないじゃないか」

「ま、まぁ、リーダーさんは尊い犠牲《ぎせい》になったということで、他はさすがにゴブリンさんたちですよね？」

「えっと、あとはクゥちゃんとティナとルシアかな？」

「……どこの決闘にラスボスを四体連れてくる人がいるのですか!?」

天瀬さんにジト目を向けられる。

「大丈夫だよ。何かあってもクゥちゃんが治してくれるし……」

「はぁ……、一応確認しておきますけど、『月夜の光』さんも同意してるんですよね？」

「もちろんだ」

「右に同じ」

「拒否権がないからな」

「家建ててもらうしね」

四人ともすぐに頷いていた。

「それなら私にとやかくいう権限はありません。ただ、あなたたちを失うことだけは避けたいので私も審判《しんぱん》として参加しても良いですか？　危険な行動は即アウトにしますから」

「まぁ、中立を保つならそれしかないかな？」

「ちなみにどうして決闘をするようなことになったのですか？」

「えっと……、僕を奪い合って？」

「わけがわからないですよ」

「僕もわからないですから」

「ちなみにコラボっていつするのですか？」

「今晩です」

天瀬さんが笑顔のまま固まる。

「聞き違いかもしれませんのでもう一回教えてください。コラボっていつするのですか？」

「今晩です！」

「早すぎますよ!?　支部長への連絡もできないじゃないですか。そもそも今日は日曜日だし」

「でも、また来てもらうのも悪いですし……」

「わかりましたよ！　あとで支部長にはきっちり休日手当と危険手当をいただきます！」

天瀬さんの中でようやく決着がつき、同意の言葉が得られる。

「ところで柚月くんはいつまでその可愛《かわい》らしいパジャマを着てるのですか？」

「あっ……」

朝のトラブルでろくに着替えもせずに出てきたせいで今の自分の格好がクゥちゃんたちとお揃《そろ》いのパジャマであることにまるで気づいていなかった。

「えっと、それじゃあ僕はひとまず着替えて……」

「嫌なのだ！　八代と一緒がいいのだ！」

「でもこれは寝巻きだから、ね」

「もう一つお揃いのがあったのですよ」

「それなのだ！　すぐにそれに着替えるのだ！」

「ちょ、ちょっと待って！　そっちも僕は……」

最後まで言う前に僕はミィちゃんに引きずられて行くのだった。

【配信ダンジョン育成中 ～Sランク探索者『月夜の光』さんたちと決闘だよ～】

「みなさん、こんばんは。柚月《ゆづき》八代《やしろ》です。今日はなんとあのSランク探索者の『月夜の光』の方々に来てもらいました」


〝こんばんはー〟

〝今日の八代たんはかわいいな〟

〝まさかのコラボ!?〟

〝タイトルが不穏《ふおん》だな〟

〝きっと平和的にワンパンだ〟


僕たちと向かい合うように『月夜の光』の四人が並ぶ。

「僕はリーダーの如月《きさらぎ》伊月《いつき》だ」

「俺は後衛《こうえい》担当の伊藤《いとう》水樹《みずき》」

「俺は魔法担当の前田《まえだ》」

「私は姫乃二葉《ひめのふたば》」

四人とも緊張しているのか、言葉が少なかった。


〝あれっ、緊張してる?〟

〝月夜の光の方がベテランなのに〟

〝おまいら、最凶の魔物たちが隣にいてみろ。どう思う?〟

〝逃げる!〟

〝だよなw〟


「公平を期すために審判《しんぱん》にはＤＳＵの人に来てもらいました。僕の専属の天瀬《あませ》さんです!」

「あ、天瀬です。よ、よろしくお願いします……」


〝一番の被害者だw〟

〝休日返上かw〟


「ちなみに今回は僕もあまり出ません。その……景品なので」

〝景品草〟
〝俺も出たいぞ！〟
〝一瞬で消されるぞｗ〟

「ということで早速《さっそく》戦う順番を決めていきましょう」
それぞれに順番が書かれたボールを取っていってもらう。
『月夜の光』側
如月：1　伊藤：4　姫乃：3　前田：2
『ダンジョン』側
ミィちゃん：1　クゥちゃん：2　ティナ：3　ルシア：4
「それじゃあ早速第一試合……は放置して第二試合からいってみましょうか」

〝ミィちゃんは別格だよなｗ〟
〝さすがに単独で勝てるやつはいないよなｗ〟
〝消化試合か〟

〝お前ら、賭《か》けしようぜ。俺はミィちゃん様に賭けるぜ〟

〝俺もミィちゃん様だ〟

〝ミィちゃんだな〟

〝賭けにならないじゃないかｗ〟

「ちょっと待て！　これから僕の見せ場なのになんで飛ばすんだよ!?」
「えっ、やるのですか？」・
「当たり前だろ？」
「その……、天瀬さん。ミィちゃんもやる気みたいだから……」

ぐるぐると腕を回してやる気をアピールするミィちゃん。

「よし、いつでも来ると良いのだ！」

「こんなちっこいドラゴン《やっ》に負けてたまるか！」


〝あっ、死んだな〟

〝月夜の光にリーダーなんていなかった〟

〝殺《や》る気のミィちゃんと戦いたくないいな〟

〝はい、つぎつぎ〟

〝クゥちゃんと前田か。意外と良い勝負しそう？〟

〝おとなしく見えてもクゥちゃん、ＳＳＳランクだぞ？〟

〝あっ、ダメだｗ〟


「仕方ないですね。では死なない程度によろしくお願いしますね」

天瀬さんのその言葉で試合が始まる。

剣を抜く如月さん。

その瞬間にミィちゃんの拳《こぶし》が如月さんを襲《おそ》う。

「うおっと」

紙一重《かみひとえ》でそれを躱《かわ》す如月さん。

頬《ほお》には一筋の血の痕《あと》がついていた。


〝マジか!?〟

〝やっぱトップ探索者なだけはあるんだな〟

〝日本だと一、二を争うらしいよな〟

〝知らなかった〟

〝そもそも知名度ないのはなんでだ？〟

〝本人の性格じゃないか？〟

〝配信、最後まで見ていられなかったよなｗ〟

「嘘《うそ》っ、あれ躱せるんだ……」

僕の目には突然ミィちゃんが如月さんの隣に移動したように見えた。

それほどの速度が出ていたにもかかわらず如月さんが躱していたことに驚いてしまう。

「言葉が少々残念だけど、やっぱりＳランクは別格ですね。人をやめてる動きでした」

「本当にＳランク探索者だったのですね」


〝草〟

〝何げに八代たんがひどいｗ〟

〝残念な言葉をもろに浴びたんだろうな〟

「面白《おもしろ》いのだ。少しスピードを上げるのだ！」

しかし、一回は運良く躱せたもののミィちゃんからしたら挨拶《あいさつ》代わりの軽いジャブだったようでそれからは次第《しだい》に速度が上がっていき、そして――。

「ぐはっ!!」

ついに当たってしまった如月さんはそのまま壁まで吹き飛ばされ、更《さら》に壁にめり込みながら倒されていた。


〝あぁ、やっぱり負けた〟

〝でもかなり健闘したな〟

〝Sランクの威厳《いげん》は見せたな〟

〝人ってあそこまで強くなれるんだな〟


「勝ったのだ!!」

ミィちゃんは嬉《うれ》しそうにVサインをしていた。

「思ってた通りの結果でしたね」

「意外とミィちゃんさんの攻撃を耐えてたのは驚きでした」

「それはありますね」

好き勝手言われている如月さん。

今クゥちゃんによって回復が行われていた。

〝相変わらずとんでもない回復だな〟

〝国がなにか言ってきそうｗ〟

〝下手に触れるとその国ごと滅ぼされるぞｗ〟


「わかりきった結果でしたね。さて、気を取り直して真の第一試合を行います」

「一応さっきのが第一試合でこれからが第二試合なのですけど、さっきのは前哨戦《ぜんしょう》ってことにするわけですね」

「ええ、これからが本当の勝負です。では次はクゥちゃんと前田さんの試合です」

しっかりと準備運動をしているクゥちゃんの前に杖《つえ》を持った少年が現れる。

「えっと、よろしくお願いしますなのです」

「ほどほどに頑張ろうね」

なんだろう。さっきの一方的な蹂躙《じゅうりん》と違ってしっかりと見られる試合になりそうだった。


〝そういえばクゥちゃんが戦うところって初めて見るな〟

〝前田がクゥちゃんの防御《ぼうぎょ》を突破できるかどうかか〟

〝無理じゃないか？　ＳＳＳランク級の防御だぞ？〟

実際に勝負は予想される通りのものとなっていた。

「くっ、壁が破れない……」

前田が魔法を何度も放っていたが、当然のごとく涼しげな表情でクゥちゃんは防いでいた。

クゥちゃん自身はそこから攻めることはないものの、放たれた魔法をそのまま反射して前田に返していたために結果として前田は満身創痍《まんしんそうい》、クゥちゃんは無傷という状況になっていた。

「あーっ、無理だな。無理。降参《こうさん》するよ」

すっかり魔力が尽きていた前田は両手を挙げて降参のポーズをする。

「八代くん、勝ったのですよ」

クゥちゃんはにっこりと微笑《ほほえ》みながら前田を治療していた。


〝順当な結果だな〟

〝さすがにSランク探索者が単独で最強種を倒せるはずないからな〟

〝これで1対0か〟

〝初戦をないものとしていて草〟

「実際にあまり戦ってるところを見たことなかったけど、クゥちゃんも強いんだね」

「守りのスペシャリストですからね」

「怪我《けが》をしないかそわそわしたよ」

「大丈夫ですよ、むしろ『月夜の光』さんたちが怪我をしないか心配ですから」

「Sランク探索者の人たちだからきっとすごく強いし大丈夫だよ」

「そろそろ次の試合の準備ができたようです。次は姫乃さんとティナちゃんの対戦です！」

「ティナちゃんもゴブ太郎《たろう》たちのおうち作るの手伝ったんだって？　すごくよかったよ。うちの時もよろしくね」

「あっ、ありがとうなのら。頑張るのら」


〝なんだろう、ほのぼのするな〟

〝女の子同士だからじゃないか？〟

〝ここから血で血を洗う戦闘が……。〟

〝瞬殺じゃやね？〟

〝だなw〟


向かい合う二人。

ティナがかなり小柄なのでその身長差は相当なものになっていた。

「一応みんなに見てもらってるから本気で行くよ」

「ティナもお兄ちゃんのために頑張るのら」

何だろう。さっきの戦いと違って安心して見てられる気がする。

だが、それが気のせいだったとすぐに気づくことになった。

「では、開始！」

そのかけ声が放たれた瞬間に木の蔓《つる》が姫乃さんに巻きついて彼女の身動きを封じてしまう。


〝一瞬ｗ〟

〝エロいなｗ〟

〝ミィちゃんだけじゃなく他の魔物たちもやばいんだよなｗ〟


「ま、参ったわ」

「勝負あり！　勝者、ティナちゃん!!」

ティナは嬉しそうに僕に飛びついてくる。

「お兄ちゃん、ティナ勝ったのら！」

「うん、よく頑張ったね」

僕はティナの頭を撫《な》でてあげる。

〝癒《い》やされる〟

〝このために見に来た〟

〝もう決着か〟

〝開始十秒だなｗ〟


「えっと、これで勝負はついちゃったけど、一応最終戦もするってことでいいのかな？」

「ルシア、どうする？」

「私は主様《あるじ》のご命令のままに」

「えっと、伊藤さん？　はどうしますか？」

「このまま勝負がついてしまうと動画的にもイマイチだろう？　俺がその悪魔を倒して汚名を挽回《ばんかい》してやるぜ！」

「二人ともやる気のようですね」

「えっと、汚名を挽回ってなんか間違っているような……？」

「それなら最後は五ポイントということにしたらどうでしょうか？」

「いいのかな？　そのほうが盛り上がるよね？　最終戦それでいきましょう！」


〝まさかの最終決戦ｗ〟

〝人類の存亡《そんぼう》はルシアの手に〟

〝いや、逆だろ？〟

〝でもあの月夜の光に任せられるか？〟

〝無理だなｗ〟


ルシアと伊藤さんが向かい合う。

銃を手に取る伊藤さんに対して、自慢の爪《つめ》を構える。

「では、はじめ！」

開始と同時に銃を撃つ伊藤さん。

それを爪で弾《はじ》くルシア。


〝バトルらしいバトルが始まったｗ〟

〝同格くらいか？〟

〝さすがに後衛の伊藤だとグレーターデーモンが有利じゃないか？〟

〝Ａランク程度だもんな。あのダンジョンだと最弱クラスだｗ〟


「今のを弾くのか」

「なかなかやりますね」

「結構今の攻撃は自信があったんだけどな」

「今度はこちらから行きますよ」

ルシアの手から炎が飛び出し、それが伊藤さんへ向かう。

「ちっ、魔法まで使うのか」

伊藤さんは転がってそれを躱すと更に銃を撃つ。

それすらもルシアは爪で弾くが、一発だけ肩を掠《かす》っていた。


〝カウンターが決まった！〟

〝でも威力《いりょく》に劣るな〟

〝仕方ないだろ。本来の伊藤は索敵《さくてき》と妨害、牽制《けんせい》がメインだからな〟

〝肩か。前衛《ぜんえい》がいたら影響は計り知れなかったな〟


「くくっ、人間《ごみむし》の割にはなかなかやりますね」

「お前こそさすがは大悪魔だ。さすがに俺一人だと分《ぶ》が悪いな」

「そんなこともありませんよ。このままでは私の方が危ないので少し本気を出させていただきますね」

そう言うとルシアが空に飛び上がり、両手を広げると無数の魔力の弾が浮かび上がる。


〝これがグレーターデーモンの全力か〟

〝やっぱりとんでもない力だな〟

〝こんなやつに勝てるのか？〟

〝一発一発はそこまでの威力がないらしいぞ。初級魔法程度だ〟

〝それなら防げなくもない……のか？〟

〝むりむり。数が多すぎるだろ〟

〝今来たけど、なんだこの接戦は！　第一回戦か？〟

〝もう最終戦だよｗ〟


「お、おい、これはさすがにまずい……」

魔力を溜《た》めているルシアに銃弾を撃ち続ける。

それと同時に自身には魔力障壁を張り、少しでも魔法のダメージを緩和《かんわ》しようとする。

「闇《やみ》の弾丸！」

「うおぉぉぉ!?」

まるで流星のごとく降り注ぐ黒い魔力弾を必死に撃ち落とすが、当然ながら銃弾の方が先に尽きる。装塡《そうてん》する暇《いとま》も与えてもらえず、伊藤さんは必死にその弾を躱していく。が、次第にダメージが蓄積していく。

「それなら……」

避《よ》けると同時に伊藤さんは服の裏に隠し持っていた短剣をルシアに投げつける。

「魔力付与《ふよ》した短剣だ。初級程度じゃ弾けないだろ」

「なるほど。こんな武器も隠し持っていましたか」

ルシアは片手を下ろして、指でその短剣を受け止めていた。

すると、手を下ろした影響か魔力弾の量が半減していた。

「なるほどな。その魔法は手を上げてないと使えないわけだ」

「それがわかったところで今のあなたに勝ち目はないですよ」

「あぁ、いつもの癖《くせ》でな。次は負けない」

「それは楽しみですね。もちろん次も勝たせていただきますが」

数は減ったものの魔力弾はそれからも変わらずに打ち続けられた。

そしてルシアの魔法が打ち終わると伊藤さんは満身創痍になっていた。

〝数は正義か〟

〝伊藤も良くやったんだけどな〟

〝あの魔法にそんな弱点があったのか〟

〝伊藤、よくない？〟

〝伊藤にダンジョンの魔物解説とかしてほしいな〟


「くっ……、やっぱり俺一人だと厳しいな」

虫の息になりながらもなんとか堪《こら》える。

しかし、ルシアの方も驚きの表情を浮かべていた。

「まさかあれだけの攻撃を耐えられるとは思いませんでした」

「前三人と違ってお前ならまだ勝てそうだからな……」

「あの三人と一緒にしないでください。前の三人がおかしいだけです」

「ははは、違いない。あいつらが手も足も出なかったわけだからな」

笑い声を上げる伊藤さん。そのまま両手を挙げて降参のポーズをしていた。

「参った。俺の負けだ」


〝なかなか良い勝負だった〟

〝今日唯一《ゆいいつ》のバトルだった〟

〝伊藤の魔物解説動画が上がったら見に行くよ〟

〝楽しかった〟

〝結局、結果は予想通りってところだな〟

こうしてなんの驚きもなく、僕たちの勝ちが決まったのだった。

ただ、僕に少しだけ引っかかるところがあった。

——あれっ？　ミィちゃんたちってすごく強くない？

今更《いまさら》なことかもしれないが、普通にSランク探索者にすら勝ってしまうその実力、さすがに強すぎるような気もしてくる。

でも、元々壁に穴を開けたりして規格外のところを見せていたので、最初からそういう魔物なのだろう。

そもそも人化してるし、本当に魔物なのかも疑わしい。

——まぁ、そんなこと僕が気にしても仕方ないよね。ミィちゃんはトカゲだし、クゥちゃんはリス猫だし、ティアは草だよね。

自分の中でそう結論づけると僕は勝者たちの前へと移動するのだった。

「勝ったのだ！」

「八代くん、頑張ったのですよ」

「お兄ちゃん、やったのら」

「主様、やりましたよ」

　四者四様に喜びを伝えてくる。

「勝者はダンジョンチームでした。ということで景品をどうぞ」

「嬉しいのだ」

　簡単に僕のことを持ち上げてしまうミィちゃん。


〝八代たん、軽そうだもんな〟

〝片手でいけるのかｗ〟

〝なかなかシュールな絵だなｗ〟

〝幼女に持ち上げられる男の娘《こ》〟


「ずるいのらずるいのら。ティナもお兄ちゃんを抱っこするのら」

「さすがにティナちゃんには無理なのですよ」

「あまり主様を困らせるものではありませんよ」

　そう言いながらもルシアも同じことをしたそうにそわそわしていた。

「では、景品の柚月さん一日自由券を――」

「ちょっと待つのだ。誰が八代を一日自由にするのだ？」

「それはもちろん私めが」

「当然八代くんをこのダンジョンに呼んだクゥに権利があるのですよ」

「ティ、ティナもお兄ちゃんと一緒に遊びたいのら」

睨《にら》み合う四人。

「勝負なのだ！」

「もちろんなのら」

「勝つです」

「絶対に負けません」

こうして景品を賭けてダンジョンチームによる延長戦が行われることとなった——。


〝また始まったｗ〟

〝ミィちゃんが勝つだろｗ〟

〝クゥちゃんの方が強くないか？〟

〝搦《から》め手ならティナちゃんに軍配が上がるだろ？〟

〝三《み》つ巴《どもえ》の戦いか〟

〝一人、忘れてないか？〟

なぜか唐突《とうとつ》に始まった四人のバトル。

四角形に睨み合う四人なのだが、ルシアの迫力と比べて、ミィちゃんやクゥちゃんはただ可《か》愛《わい》いだけだし、ティナに至《いた》ってはじっくりと目を凝《こ》らさないと見落としてしまいそうであった。

普通に見たならばまずルシアが勝つようにしか見えない。

しかし、無情にも能力は一番低い。

「くっ、トカゲッ子には勝てませんねえ。ティナさん、少し良いですか？」

「どうしたのら？」

「私と手を組まないか？」

「わかったのら」


〝さすが悪魔ｗ〟

〝まぁこの戦力差なら仕方ないｗ〟

〝ティナちゃんも即答だ〟

〝それだけミィちゃん様が脅威《きょうい》なんだろう？〟


そう言った瞬間にルシアの手は草の蔓に巻きつかれていた。

「これでいいのら？」

「ぜ、全然良くないですよ」

「あははは、良いのだ」

ミィちゃんが笑いながらルシアに殴りかかる。


〝手を組むｗｗｗ〟

〝蔓でぐるぐる巻きに組んでるな〟

〝縛《しば》ってるじゃないかｗ〟

〝笑顔のティナちゃんｗ〟

〝ミィちゃんは容赦《ようしゃ》がないな〟


「ぐはっ!!」

ルシアは殴り飛ばされてそのまま壁へと激突していた。

「これであとは二人なのだ」

「わ、私も負けないのら」

ミィちゃんとティナが睨み合う。

その間、クゥちゃんは限界ギリギリまで気配を消して、自身の周りに防御魔法を使っていた。

みんなが消耗《しょうもう》するのを待っているようだった。

どこか余裕のあるミィちゃんに対して、ティナの表情は真剣そのものだった。


〝ここからが本番〟

〝さすがに危険度ＳＳＳのミィちゃん様には勝てないな〟

〝俺はティナちゃんを応援するぞ〟

〝賭けるならミィちゃんだな〟

〝俺もだｗ〟


「行くのら」

ティナが地面に手をつけると次の瞬間、にミィちゃんの足下から蔓が現れる。それがミィちゃんに絡《から》みつくが、力尽《ちからず》くでそれを打ち破っていた。

「この程度のものは効《き》かないのだ!!」

「わかってるのら。次はこれなのら」

今度は木が生み出され、それがミィちゃん目がけてドンドン伸びていく。

しかし、ミィちゃんが軽く火を吐くとその木は燃え上がっていた。

〝さすがに木と火じゃ相性が悪すぎるよな〟

〝そもそも戦力差がｗ〟

〝ティナちゃんに勝ち目があるのか？〟

〝そもそもティナちゃんの攻撃も相手がミィちゃんじゃなければ即死級なんだよな〟


「むだむだー、なのだ」

「むむっ、やっぱり強いのら」

「ティナも面白い魔法を使うのだ」

「今度はこちらから行くのだ！」

ミィちゃんがティナに向けて拳を振り上げる。

その様子が見ていられなくて僕は思わず目を閉じてしまう。


ドゴンっ!!

地面が陥没《かんぼつ》する音がする。

〝あれっ？　消えた？〟

〝まさか粉々《こなごな》に？〟

〝大穴空《あ》いてるぞｗ〟


さすがにこれはミィちゃんの勝ちかな、と思い、目を開ける。

すると、ミィちゃんが周りをキョロキョロと見回していた。

「いないのだ！」

「えっ？」

姿が消えてなくなるほどの威力!?

さすがにティナのことが心配で必死に彼女を捜す。

「こっちなのら」

ティナはまるで違う場所に姿を現していた。


〝瞬間移動!?〟

〝いや、土の中を移動したのか？〟

〝精霊だもんな〟

〝姿が見えてる方が当たり前で気づかなかったな〟

「そ、そっちなのだ！」

再びミィちゃんが攻撃をするがティナは姿を消していた。

「すばしっこいのだ！」

「ティナは木を司《つかさど》ってるの。土のあるところなら好きに移動できるの」

「こうなったら土ごとダンジョンを吹き飛ばすのだ！」

「あっ、ミィちゃん、僕たちまで被害が及ぶ攻撃をするのはダメだからね」

「うぐっ、わ、わかったのだ」


〝本気のミィちゃんなら軽く八代たんを吹き飛ばせるもんな〟

〝景品から制限がｗ〟

〝これればかりは仕方ない〟

〝でも、それだとミィちゃんが不利？〟


ミィちゃんは殴る寸前のところで固まる。

その瞬間を見逃すティナではなかった。

一瞬のうちにミィちゃんを蔓でぐるぐる巻きにした上でいくつも次の攻撃を待機させていた。

「う、動けないのだ……。でも、こんな葉っぱくらい簡単に燃やせるのだ」

「知ってるのら。でも、それより先にティナの魔法がミィちゃんを貫《つらぬ》くのら」

ジッと見つめ合う二人。

すると、まずはミィちゃんが笑い出していた。

「あはははっ、私には八代に被害を出さずにこれを抑えるのは無理なのだ！」


〝通常攻撃が全体攻撃で即死攻撃なのが敗北理由だったな〟

〝ミィちゃんも嬉しそうだｗ〟

〝ルールがなければミィちゃんの勝ちだったな〟

〝そもそも傷つけられてないわけだもんな〟


ミィちゃんの敗北宣言ともいえる言葉。

それを聞いたティナは一瞬ぼんやりしていたもののすぐにその表情に笑顔が生まれた。

ところが、その一瞬の隙《すき》を突いてクゥちゃんが結界魔法を使い、ティナの周りを透明な四角い箱で覆《おお》っていた。

「……えっ!?」

「くぅう。直接地面に接してなかったら移動もできないのですよね？」

ミィちゃんとの戦いで全力を出していたティナの戦術は全《すべ》てクゥちゃんが把握《はあく》していた。

能力的にはそもそもクゥちゃんに軍配が上がるのだから、あとはミィちゃんを圧倒した瞬間移動と植物による拘束術《こうそく》さえ封じれば勝敗は決したようなものだった。

「ま、参ったのら……」

がっくりと頭を垂《た》れたティナ。

その瞬間にクゥちゃんの勝ちが決まり、大喜びではしゃいでいた。

「や、やったー、勝ったのですー!!」

クゥちゃんが俺の方へ向かって飛びついてくる。

その頭を撫でてあげるとクゥちゃんは嬉しそうに目を細めていた。

「よく頑張ったね」

「うん、なのです」

「ミィちゃんやティナは残念だったね」

「仕方ないのだ。八代を守ることを忘れてた私が悪いのだ」

「周りが見えてなかったのら」

ミィちゃんとティナの側《そば》に近寄ると彼女たちの頭も撫でる。

「よく頑張ったね」

「うん、なのら！」

「ありがとうなのだ。次は八代を殺さないように頑張るのだ」

「そこは絶対だからね」

「善処するのだ」

善処って、絶対じゃないんだ……。

思わず苦笑いしてしまう。


〝綺麗《きれい》にまとまった〟

〝いつか八代たんを殺してしまいそうだよな〟

〝でもティナちゃんが治せるだろ?w〟

〝ミィちゃん様が手加減できるようになると思ってる人が皆無《かいむ》の件w〟


「あの……、わ、私めは……」

ふらふらとしながら満身創痍の体のまま僕たちへ近づいてくるルシア。

「あっ、る、ルシアも頑張ったね」

「私めはおまけ……でしたか」

「あはははは……」


〝ルシア、忘れてた〟

〝さっきあれだけ熱い戦いをしてたのにな〟
〝俺も忘れてたｗ〟
〝可哀想《かわいそう》ｗ〟

エピローグ

決闘のあと、僕たちはなぜか打ち上げを行っていた。

「肉なのだ!!」

「がうがうっ!!」

「ちょっと待て！　それは僕の育ててる肉だぞ！　しかもほぼ生《なま》じゃないか！」

「焦《こ》げた肉には興味ないのだ」

ミィちゃんはトカゲくんとなぜか如月《きさらぎ》さんと一緒に肉を奪い合っていた。

「あの……、本当にみんなの分のご飯を準備していただいて良かったのですか?」

僕は不安げに姫乃《ひめの》さんに聞いていた。

「もちろんよ。これでも私たちはSランク探索者なのよ。お金は結構稼《かせ》いでるの。他のSランクよりはしょっぱいけどね」

姫乃さんは指で円を作っていた。

「でも、さすがにみんなの分の料理となるとすごくお金かかるから……」

「確かにすごく食べるね……」

「おい、肉が足りないぞ。伊藤《いとう》、買ってきてくれ」

「俺かよ!?　ちっ、仕方ないな」

「仕方ないですね。私めが一緒に買いに行かせていただきましょう」

ルシアが珍《めずら》しく伊藤さんに付き従って買い出しに行ってくれる。

悪魔の姿なのだけど問題ないのかな？

「だ、ダメですよ!?　みんな驚いてしまいますから！」

天瀬《あませ》さんが必死に止めていた。

「私が代わりに行ってきます！　それでいいですか？」

「主様《あるじ》が口にするものですから人間《むし》には任せておけません。私が行きます」

「しかし、その姿だと――」

「あぁ、そうでしたね」

悪魔の特徴である角《つの》や翼《つばさ》といったものが見えなくなり、どこからどう見ても人間……とも言えなくもない鋭い目つきをした人間に姿を変えていた。

「これなら問題ないですよね？」

「た、確かに見た目は問題ない……ですけど」

「早く行きますよ。主様をお待たせするようなら……」

殺気のこもった視線を天瀬さんへと送るルシア。

「ひぃっ。す、すぐに行きましょう。今すぐに」

ルシアに引きずられるように連れて行かれる天瀬さん。

「俺が行かないとダメだろ！」

そんな二人を慌《あわ》てて追いかける伊藤さん。


「八代《やしろ》くん、景品のことなんですけど……」

クゥちゃんと二人になると彼女は心配そうに聞いてくる。

「うん、僕にできることだったら何でも言ってくれたら良いよ」

「それなら一緒にお散歩行きたいのです」

「えっと、それでいいの？」

「もちろんなのですよ！」

せっかく勝負に勝ったのにただ散歩したいだけと言われると僕が困ってしまう。

それだけじゃなくてもっとクゥちゃんが喜んでくれそうなことを考えないと……。

思えばクゥちゃんと出会うまで、こんな騒々《そうぞう》しくも楽しい生活を送ることになるなんて想像もしていなかった。

むしろ僕のほうこそクゥちゃんにお礼を言いたいほどだった。

自然とクゥちゃんの頭を撫《な》でる。

すると彼女が嬉《うれ》しそうに目を細めていた。


「ちょ、ちょっと、なにこれ!?」

突然、姫乃さんが声を荒らげていた。

ただ、その声は僕やクゥちゃんにしか届かなかった。

他の人たちは肉の争奪戦をしていたので――。

「な、何があったの!?」

「これを見てくれる?」

それは『月夜の光』のチャンネルだった。

お気に入り数が一万ほどで思いのほか少ない。

それ以外に変わった点は見つからなかった。

「お気に入り数が減ったの?」

「逆よ!?　いきなりドンって増えたの!」

「えっ?　でも一万人ってダンジョンで配信してる人だと誰でも届くものじゃないの?　僕も自然といったし……」

「そんないくわけないでしょ!?　……ちょっと待って。もしかして、やしろんってそれが当たり前だと思ってる？」

「うん、初配信してから次にチャンネルのお気に入り数見たら超えてたし、みんなもそうなんだろうなって」

「あぁ、常識を知らないまま一気に跳《は》ねちゃったのか……。で、誰も教えてくれなかった……と」

「そんなことないよ。ちゃんと常識くらいわかってるよ」

「それなら今のやしろんのお気に入り数はわかってるの？」

「前に見たときは二万だったから、そろそろ二万五千ほどかな？」

実際は二十万だったが、その数字を理解することを脳が拒《こば》んでいたのだった。

そう言うと姫乃さんが僕のチャンネルを押しつけるように見せてくる。

「ほらっ、これを見てこれ！」

「あれっ？　姫乃さんのそのチャンネル、おかしくなってるよ？」

チャンネル登録数が一〇〇万と表示されていた。

確かに少しは増えているかなとは思っていたけど、五十倍になるなんておかしくなっている以外に考えられなかった。

「おかしいのはやしろんの方だよ⁉　だってこの再生数だよ⁉　ほら、見てよ！」

再生数もほぼ三桁《けた》万。初配信のものはすでに四桁万に届いている。

「やっぱり姫乃さんのその画面がおかしくなってるだけだよ？」

「……もしかしてやしろんって配信しっぱなしでそのあとチャンネルを見たり、コメントを見たりとかしてないの？」

「うん。だって、自分の配信に付く感想とかって恥《は》ずかしくて見れないよ……」

「あぁ……、でもやしろんは下手なことをせずにその方が良いのかな？　ただチャンネル登録数は自分のを見ればわかるよね？」

　言われるがまま僕は自分のチャンネルをスマホで見る。

　そこには確かに姫乃が表示していた数字がそのまま映っていた。

「あれっ？　僕の画面もおかしくなってるね。バグ？」

「そんなわけないでしょ!?　うん、わかった。私の家も作ってもらうわけだし、私がやしろんの先生になって常識を叩《たた》き込んであげるわ！　Sランク探索者の手ほどきを受けられて幸せでしょ？」

　どうやら僕には配信に関する知識が不足しているらしい。

　それを補《おぎな》うために姫乃に手ほどきを受けることとなった。

　まず第一に「ちゃんとお気に入りの数は見よう」と言われてしまう。

　ここに書かれている数字に嘘《うそ》はないので現実を見よう、と。

　——百万……か。ミィちゃんたち、すごく人気なんだね。

「それにしても今日の決闘配信もすごいことになってる……。どこまで再生数が伸びていくのだかな？」

姫乃さんの視線が自分のチャンネルから離れない。

「これがバズるってことなんだね。なんか見てるだけで楽しいよね」

「怖くないのですか？」

「怖い？　うーん、私は平気かな？」

姫乃さんが真剣に悩んで答える。

「だってどうせダンジョンへ行くときに配信するからね。それに仮にもSランク探索者だからね。元々注目は浴びるんだよ」

「あっ、そういうことなんですね」

「でもそれを言うならやしろんもだよ？　だってミィちゃんもクゥちゃんもティナちゃんもいて、悪魔もいて、しかもダンジョンでたくさんの魔物を飼ってるのだからどう見ても注目を浴びるでしょ？」

「だよね。やっぱりみんな注目を浴びるよね。うん!!」

「それにやしろんもこんなに可愛《かわい》いしね」

姫乃さんに抱きつかれる。

そこから逃れようにもとんでもない力で防がれてしまう。

「やしろん、抱き心地いいね」

「は、放して……」

「八代くんから離れてなのです！」

「クゥちゃんもぎゅー」

「に、逃げられないのです……」

みんなに勝ったはずのクゥちゃんですら姫乃に捕まったらどうすることもできないようだ。

それなら僕がどうにかできるわけもない。

「八代、何遊んでるのだ？」

「あ、遊んでないよ!?　逃げられないんだよ」

「あぁ、姫は馬鹿力《ばかぢから》だからな。ごふっ」

如月さんが突然吹き飛ぶ。

「あれっ？　何か言ったかな？」

「い、今の攻撃……、僕見えなかったのだけど……」

「クゥも見えなかったのです……」

「お前、なかなかやるのだ。今度戦いたいのだ」

「うーん、私に勝ち目がないから遠慮かな」

「残念なのだ」

「お、おい……。ここは僕に助け船を出す場じゃないのか……」

「あっ、生きてた……」

「殺すつもりだったのか……がくっ」

如月さんは意識を手放す仕草《しぐさ》をする。

「だ、大丈夫なのですか、あれ……」

「うん、どうせ死んだふりだからね。ちょっと叩けばすぐに動き出すよ」

「誰が機械のように斜《なな》め四十五度から叩けば動くんだ!?」

「ほらね」

「本当だ。如月さんってロボットだったのですね」

「えっ。あぁ……。そ、そうだな。もしかしたらロボットかもしれないな」

結局なぜか如月さんがロボということでこの話が終わることに。

「それより八代、肉がなくなったのだ！」

「ああ、今買いに行ってもらってるから少しだけ待ってくれる？」

「わかったのだ。少しだけなら待つのだ！」

「うーん、それか今冷蔵庫にあるピーマンとかを焼くとか……」

「ちゃんとしっかり大人しく待つのだ！　急いで待つのだ！」

それだけ言うとミィちゃんは大急ぎで離れていき、なぜか静かに正座をしていた。

そこで側《そば》にいたトカゲくんたちにも何かを話したようで、トカゲくんたちも同じように正座をしていた。

「うーん、野菜も食べたほうがいいと思うんだけど、トカゲの体には良くないのかな？」

「魔力のこもってない水が不味《まず》いのと同じかもしれないのら」

「魔力のこもった水？」

「そうなのら。お兄ちゃんからもらうお水はとっても魔力がこもってて美味《おい》しいのら？」

なんの違いかはよくわからないけど、ティナが美味しいならそれで良いだろう。

「あっ、お兄ちゃん。今度その人のお家《うち》も作るのら？」

「そうだよ」

「それならその時、ティナの他にもう一人、精霊を連れて行きたいのら」

「もちろん良いけど、何をするの？」

「もちろん庭に植えてあげるのら。魔素《まそ》力をお家に還元《かんげん》するには必要なことなのら」

どうやら色々とこっそり力を貸してくれているようだった。

「わかったよ。姫乃さんもそれで良いかな？」

「もちろんだよ。その子ってティナちゃんみたいに人になれるの？」

「うーん、それはその子次第《しだい》なのら。ティナの場合はこの姿の方がお兄ちゃんが接しやすそうだったからなっただけなのら」

「よーし、それじゃあしっかりお世話してティナちゃんみたいに人になってもらうように頑張るね！」

姫乃さんは握り拳《こぶし》を作り、ティナから精霊の好物とかいろんなことを聞いていた。

「精霊の好物？　ティナはお兄ちゃんが大好きなのら」

「うんうん、つまり定期的にやしろんを呼ぶのが大事なんだね」

「あとはとっても美味しいお水がいるのら！」

「『とっってても美味しいお水』？　あのお店に売ってる？」

「あれは違うの。あれは魔力少なくてイマイチだったのら。いくらでも美味しいお水が出る魔法の棒があるのら」

「へぇ……、そんなものがあるんだね」

「これなのら」

ティナが自信たっぷりに姫乃さんを立水栓《りっすいせん》へと案内していた。

「あっ……」

「これがあればいつでも幸せ一杯なのら」

「そ、そうなんだ……」

姫乃さんの視線を感じる。

本当にこれでいいのかと聞いていているように思える。

だからこそ僕は一度頷《うなず》いた。

しばらくするとルシアたちが戻ってくる。

その両手にはスーパーなるところから肉を買いあさって参りました。

「主様、スーパーなるところから肉を買いあさって参りました」

「伊藤さん、大丈夫ですか……？」

「あぁ、俺が出すって言ったからな……」

なぜか顔から生気を失っている伊藤さんを心配する天瀬さん。

言いたいことはよくわかる。

買いあさる、は文字通り全《すべ》て買ってきたのだろう。

一パック残さずに……。

それを天瀬さんの手前、格好《かっこう》つけた伊藤さんが「全て自分が出す」とでも言ったのだろう。

そんな隙《すき》を突くのが上手《うま》いルシアのことだから、どんどんおだてていって、気がついたら買い占めということになったとか。

「あの……、僕も少しお金を出しましょうか？」

さすがにかわいそうに思えてそう提案してみるが伊藤さんは首を振ってくる。

「これは俺の男気を示すために必要なことだからな。遠慮しなくていい。男の俺なら毎日もやしても生きていける」

別にそこに男は関係ないし、もやしだけじゃ絶対に栄養が足りない。

何か差し入れを持って行ってあげよう。

「あの……、姫乃さん。良かったら今度伊藤さんの家を教えてもらっても良いですか？」

「良いけど襲《おそ》われないように注意してね」

「あはは……、さすがに一人では行かないですから大丈夫ですよ」

そんなに治安の悪い場所に住んでいるのだろうか？

日本の中でそんな突然、人に襲われるような治安の悪い場所ってないと思ってたけど……。

「狼《おおかみ》に襲われないで、ってことなんだけどね」

「狼ってもふもふしてて可愛いですよね」

「あっ、うん。全く伝わってないってことだけはわかったわ」

姫乃さんが苦笑を浮かべているとミィちゃんが近づいてくる。

「おっ、肉が来たのだ！　待ってたのだ！　あやうくピーマン《まのたべもの》を喰《く》わされるところだったのだ！」

ミィちゃんはルシアから肉をひったくるとトカゲくんたちと肉の奪い合いに興《きょう》じるのだった。

あとがき

空野進《そらのすすむ》と申します。人によってはスライム先生の方が馴染《なじ》みがあるかも知れません。

まずは本書を手に取っていただきありがとうございます。

当作品は『カクヨム』さんに投稿させていただいているものを全面的に改稿させていただいたものとなっております。

楽しんでいただけましたら幸いです。

また、当作品を出版するにあたって、まず声をかけさせていただきました前担当のHさん、現担当のHさん、ダッシュエックス文庫の皆様、その他書籍に関《かか》わる全《すべ》ての皆様、本当にありがとうございます。

そして、イラストを担当してくださった『さなだケイスイ』先生。本当にありがとうございます。

クゥちゃん、ミィちゃん、ユキをとても可愛《かわい》らしく仕上げていただき、当作風にぴったりのイラストを描いていただきありがたかったです。

最後に、改めてご購入いただきました読者の方々、本当にありがとうございます。

空野　進

ダッシュエックス文庫

配信ダンジョン育成中
～育てた最強種族たちとほのぼの配信※大バズり中～

空野 進

2025年4月30日　第1刷発行

★定価はカバーに表示してあります

発行者　瓶子吉久
発行所　株式会社　集英社
〒101−8050　東京都千代田区一ツ橋2−5−10
03(3230)6229(編集)
03(3230)6393(販売／書店専用)　03(3230)6080(読者係)
印刷所　TOPPANクロレ株式会社
編集協力　蜂須賀隆介

ISBN978-4-08-631597-5 C0193